S. H. Barmut

Der schwarze Eisbär

Umweltthriller

Copyright: © 2017: S. H. Barmut
Umschlag & Satz: Erik Kinting – www.buchlektorat.net

Verlag: tredition GmbH, Hamburg

Bibliografische Information der Deutschen Nationalbibliothek:
Die Deutsche Nationalbibliothek verzeichnet diese Publikation in
der Deutschen Nationalbibliografie; detaillierte bibliografische
Daten sind im Internet über http://dnb.d-nb.de abrufbar

Thriller

In Kopenhagen stirbt ein leitender Mitarbeiter des Klima- und Energieministeriums durch einen mysteriösen Autounfall. Die dänische Polizei stellt im Verlauf der Untersuchungen fest, dass es sich möglicherweise um Mord handelt.

Die Ermittlungen von Kommissars Knud Nyrup und seiner Kollegin Clara Andersen führen unter anderem zu einer amerikanischen Firma, die weltweit nach Öl und Erdgas sucht und dieses im Erfolgsfall fördert und vermarktet. Wie sich herausstellt, war der verunglückte Ministeriumsangestellte als Bereichsleiter für die höchst umstrittene Genehmigung der Bohrrechte und die Zuteilung einer Förderlizenz in Grönland zuständig, die diesem Unternehmen zugesprochen wurden, was in den Medien sehr kontrovers zwischen Umweltaktivisten, Politikern und Vertreten der Industrie diskutiert worden war.

Auf der Suche nach Motiven und Hintergründen kommt Nyrup kriminellen Machenschaften auf die Spur. Ob diese Erkenntnisse jedoch eine mögliche Katastrophe in der Arktis verhindern können, ist ungewiss …

Prolog

Am 15. Juli 2013 begann in Kopenhagen die Weltenergiekonferenz. Wieder einmal schaute die Öffentlichkeit auf die Regierungsvertreter aus über 200 Staaten in der Hoffnung, dass der globale Ausstoß der Treibhausgase reduziert und somit die Erderwärmung gestoppt würde.

Die Wissenschaftler erläuterten, dass im 20. Jahrhundert die globale Durchschnittstemperatur der Erde bereits um etwa 0,7 Grad und somit der Meeresspiegel um etwa 17 Zentimeter gestiegen sei. Nach Berechnungen von verschiedenen Universitäten könnte der Meeresspiegel bereits bis zum Jahr 2100 auf annähernd zwei Meter und bei einem Abschmelzen des gesamten Grönlandeises um insgesamt sieben Meter ansteigen.

Am frühen Nachmittag desselben Tages waren in den Straßen der dänischen Hauptstadt die Sirenen von Polizei- und Notarztwagen zu hören. Als die Ordnungs- und Rettungskräfte an dem Ort eintrafen, an dem sich ein Verkehrsunfall ereignet hatte, bot sich ihnen ein schrecklicher Anblick. Der Notarzt stellte wenig später den Tod des Autofahrers fest. Dem ersten Anschein nach handelte es sich um einen gewöhnlichen Verkehrsunfall. Am Unfallfahrzeug, einem Volvo, wurden jedoch auf der linken Karosserieseite ungewöhnliche Deformationen gefunden, die sich nicht erklären ließen.

Als die zuständigen Kommissare, der erfahrene 44-jährige Knud Nyrup sowie seine attraktive, 33 Jahre junge Kollegin Clara Andersen am Unfallort eintrafen, wurden Sie von einem Verkehrspolizisten empfangen, der den Vorfall bereits aufgenommen hatte:

»Es handelt sich bei dem Toten um den 48 Jahre alten Ole Seeberg. Laut vorläufigem ärztlichem Befund ist der Tod wahrscheinlich durch Genickbruch eingetreten. Das offizielle Ergebnis wird jedoch erst nach der Obduktion vorliegen.«

Nyrup und Andersen betrachteten Ole Seeberg, der noch immer blutbefleckt im Unfallwagen saß.

»Wir wurden telefonisch über Spuren am Unfallfahrzeug unterrichtet, die auf eine mögliche Kollision mit einem anderen Auto oder auf ein Abdrängen des Volvos hindeuten würden. Können Sie uns diese Beschädigungen zeigen und hat die Spurensicherung bereits erste verwertbare Erkenntnisse gewonnen?«, erkundigte sich Nyrup bei dem stämmigen Verkehrspolizisten.

»Folgen sie mir bitte!«, sagte dieser und ging voraus.

Die Kommissare sahen sich die eingebeulte Seite des weißen Volvos an und erkannten rasch, dass die frischen Dellen und schwarzen Schleifspuren am Fahrzeug sehr wahrscheinlich durch Fremdeinwirkung herbeigeführt wurden.

»Die schlangenlinienförmigen Bremsspuren auf dem Asphalt zeigen, dass der Wagen außer Kontrolle geriet und die Fahrt schließlich an dem Verkehrspfeiler hier endete. Gibt es Augenzeugen oder eventuell Überwachungskameras, die das Geschehen aufgezeichnet haben?« wollte Clara Andersen wissen.

»Bedauerlicherweise nicht, aber wir stehen gegenwärtig noch am Anfang der Ermittlungen. Herr Seeberg hatte übrigens neben seinem Führerschein noch einen Dienstausweis bei sich. Demzufolge arbeitete er im dänischen Klima- und Energieministerium«, antwortete der Beamte.

Andersen hob leicht die Augenbrauen und ließ sich den Ausweis aushändigen.

»Ob Alkohol oder Drogen im Spiel waren, muss durch die gerichtliche Autopsie geklärt werden. Da sich bislang noch keine Augenzeugen gemeldet haben, ist eventuell ein Aufruf über die Presse in Erwägung zu ziehen«, sagte der engagierte Polizist.

»Ausgezeichnete Idee und gute Arbeit!«, meinte Nyrup anerkennend.

Andersen wandte sich mit einem charmanten Lächeln an den Beamten: »Könnten Sie uns nach Aufnahme aller Spuren und Beweise den Unfallbericht sobald als möglich zur Verfügung stellen?«

»Natürlich!«

Nachdem sie den vermutlichen Hergang der Ereignisse rekonstruiert hatten, fuhren Nyrup und Andersen auf direktem Wege zum Klima- und Energieministerium ins Zentrum von Kopenhagen.

1. Kapitel

Kopenhagen, 15. Juli

Die Sommersonne ließ das Regierungsgebäude, in dem das Ministerium für Klima und Energie untergebracht war, in einem repräsentativen Glanz erstrahlen. Nyrup und Andersen betraten den Eingangsbereich und begrüßten die elegant gekleidete Dame am Empfang. Zeitgleich zogen Sie mit einer geübten Bewegung ihre Dienstausweise aus den Taschen und trugen sogleich ihren Wunsch, den Vorgesetzten von Ole Seeberg sprechen zu wollen, vor.

Nach telefonischer Rücksprache und einer kurzen Wartezeit wurden Sie von Anna Jacobsen, der Sekretärin von Ras Asmussen, begrüßt.

»Kommen sie bitte mit!«, forderte sie die beiden Kommissare auf.

Gemeinsam gingen sie zunächst durch leicht muffig riechende Flure sowie ein Treppenhaus ins erste Obergeschoss und betraten dann das minimalistisch eingerichtete Büro von Ras Asmussen.

Im hinteren Teil des Raumes stand ein großer Schreibtisch, der eine rechteckige Arbeitsfläche hatte und hinter dem sich ein Drehstuhl mit schwarzem Lederbezug befand. An der rechten Wandseite war ein Beistelltisch mit einer Vielzahl von Aktenordnern zu sehen. Vier Stühle, symmetrisch um einen runden Tisch platziert, standen in der Mitte des Raumes auf einem blauen Teppich. Nyrups Blick fiel schließlich auf die wenigen Bilder, die an den weiß gestrichenen Wänden hingen.

Asmussen stand von seinem Schreibtisch auf und ging auf die Besucher zu. »Ras Asmussen, guten Tag! Ich bin hier als

Ressortleiter zuständig für die Genehmigungen von Öl- und Gasbohrungen im dänischen Staatsgebiet. Wie kann ich Ihnen weiterhelfen?«

Nachdem sich Nyrup und Andersen ausgewiesen hatten, erkundigten sie sich bei Asmussen nach Ole Seeberg.

»Ihre Gegenwart sagt mir, dass etwas Besonderes geschehen ist, ansonsten wären Sie wohl nicht hier, oder?«

»Ole Seeberg hatte heute gegen 13.30 Uhr einen tödlichen Autounfall«, sagte Nyrup und blickte in das schockierte Gesicht von Asmussen. »Können Sie uns etwas von Herrn Seeberg und seinen Tätigkeiten erzählen? Und wenn es keine Umstände macht, würden wir uns gerne an seinem Arbeitsplatz umsehen.«

»Natürlich!«, brachte Asmussen sichtlich betroffen und mit leiser Stimme hervor. »Ole Seeberg war als Bereichsleiter ein kompetenter und vertrauenswürdiger Mitarbeiter. Er besaß zudem die besondere Fähigkeit, komplexe Sachverhalte interdisziplinär vermitteln zu können.«

»Könnten Sie das bitte näher erläutern?«, hakte Andersen nach.

»Gerne! Unsere Arbeit ist durch das zunehmende öffentliche Interesse anspruchsvoller geworden. Ole, ich meine Herr Seeberg, hat vor nicht allzu langer Zeit viel Fingerspitzengefühl und eine Portion diplomatisches Geschick gezeigt, als ein Genehmigungsverfahren für ein sensibles Explorationsvorhaben in Grönland viel öffentliches Interesse erregt hat ...«

»Herr Asmussen ...«, unterbrach Andersen erneut. »Ist die Vergabe der Bohrrechte nicht heftig in den Medien kritisiert worden und sind möglicherweise Drohungen gegen Herrn Seeberg beziehungsweise Ihr Ministerium laut geworden?«

Asmussen machte eine nachdenkliche Mine. »Ehrlich gesagt hatten wir einige Hundert schriftliche Eingaben und Stellungnahmen zu diesem Vorhaben zu bearbeiten. Wissen Sie, es gibt viele Personen beziehungsweise Interessengruppen, die bei solch komplexen Verfahren angehört werden müssen. Und natürlich gibt es auch immer Fundamentalisten, die sich sehr vehement für den Naturschutz einsetzen. Gerade beim Einsatz von Technologien, die schwer verständlich sind und Risiken bergen, gibt es zunehmend Akzeptanzprobleme. Manche Sachverhalte sind nicht nachprüfbar, daher bleibt bei nicht wenigen Menschen das subjektiv ungute Gefühl oder Misstrauen, dass die dargestellten Restrisiken möglicherweise nicht die ganze Wahrheit sind. Wir nehmen jeden Einzelnen ernst und versuchen Antworten zu geben auf die Sorgen, Ängste und Bedenken der Menschen. Ebenso ist es unsere Aufgabe, den verschiedenen Interessengruppen Argumente und hinreichende Informationen zu vermitteln, um letztendlich eine tragfähige Entscheidung auf breiter Ebene treffen zu können. Meiner Ansicht nach schafft Transparenz eine vertrauensvolle Basis. Um aber auf ihre Frage zurückzukommen: Straf- oder zivilrechtlich relevante Vorgänge, die einer juristischen Prüfung und Weiterverfolgung bedurft hätten, waren nicht dabei.«

Nach einem flüchtigen Blickwechsel mit Nyrup fragte Andersen: »Aufgrund der Spuren am Unfallort können wir ein Fremdverschulden nicht ausschließen. Haben sie Kenntnisse oder eine Vermutung, ob beziehungsweise wem Herrn Seeberg möglicherweise im Weg gewesen sein könnte?«

Asmussen lief gedankenverloren einige Schritte im Raum herum. Sein Blick landete schließlich wieder bei Nyrup und Andersen, bevor er mit gedämpfter Stimme zögernd erwiderte:

»Nein, da kann ich Ihnen momentan leider nicht helfen. Aber ich würde Sie gerne noch mit Victoria Bohr bekannt machen. Sie war die engste Mitarbeiterin von Ole Seeberg. Vielleicht erinnert Sie sich an ungewöhnlich auffällige Personen oder Vorgänge, die aus jetziger Sicht von Bedeutung sein könnten.«

»Gerne!« Nyrup nickte zustimmend.

Asmussen hob den Hörer ab und drückte eine Taste. »Victoria, könnten Sie bitte umgehend in mein Büro kommen?«

Wenige Momente später ging die Tür auf und eine attraktive Frau betrat das Büro.

»Dies sind die Kommissare Nyrup und Andersen von der hiesigen Polizei. Sie haben mir soeben mitgeteilt, dass Ole Seeberg einen tödlichen Autounfall hatte«, sagte Asmussen unvermittelt.

Der freundliche Gesichtsausdruck von Victoria Bohr wechselte augenblicklich zu Betroffenheit. »Ich kann das gar nicht glauben, zumal ich heute Morgen noch mit Ole telefoniert habe. Wie ist es zu dem Unfall gekommen?«

»Wir sind erst am Anfang unserer Untersuchung, daher können wir gegenwärtig noch nicht sehr viel sagen. Da wir in alle Richtungen ermitteln und auch eine Beteiligung Dritter nicht ausschließen, möchten wir zunächst die Person Ole Seeberg und sein Umfeld kennenlernen«, entgegnete Nyrup.

»Mit Ole Seeberg habe ich seit etwa zwei Jahren vertrauensvoll zusammengearbeitet und seine umfangreichen Erfahrungen auf vielen Gebieten schätzen gelernt. Das Genehmigungsverfahren für zwei Explorationsbohrungen in der Arktis hat uns viel Mühe und Nerven gekostet. Die amerikanische Firma OCEAN ENERGY hat von unserer Behörde Anfang des Jahres eine Explorationslizenz und somit die Bohrerlaubnis erhalten. Seit circa sechs Wochen wird die erste Offshorebohrung durch das beauftragte Bohrunternehmen TITAN DRILLING östlich von Grönland niedergebracht. Im Erfolgsfall könnte innerhalb des zur Verfügung stehenden Zeitfensters, unter Einhaltung der Sicherheitsauflagen, noch dieses Jahr mit einer Folgebohrung begonnen werden. Sollte hingegen kein Öl gefunden werden, kann das Unternehmen vermutlich etwa 50 bis 60 Millionen Dollar abschreiben«, führte Viktoria sehr formell aus.

»Wie weit entfernt ist denn diese Bohrung vom Festland?«, wollte Nyrup wissen.

»Der kürzeste Abstand zur Küste beträgt etwa 25 Seemeilen. Damit liegt diese Offshorebohrung in der 200-Meilen-Zone um Grönland und gehört somit zum Hoheitsgebiet von Dänemark. Deswegen sind wir auch die zuständige Behörde.«

Andersen nickte. »Können Sie uns etwas über das Privatleben von Herrn Seeberg erzählen?«

»Die Seebergs wohnen in einem Haus am Stadtrand von Kopenhagen und haben letztes Jahr ihren 20. Hochzeitstag gefeiert, zu dem ich auch eingeladen war. Ole Seebergs Frau Sarah ist Tierärztin. Gegenwärtig übt sie ihren Beruf aufgrund der beiden Kinder, die sich seit geraumer Zeit in der Pubertät befinden, nicht aus. Ihr Familienleben ist meiner Einschätzung nach relativ normal. Sarah Seeberg hatte allerdings vor etwa zwei Monaten eine größere Operation, die die Familie ziemlich belastet hat.«

»Frau Bohr, Sie sagten, dass Sie heute Morgen mit Herrn Seeberg das letzte Mal gesprochen haben. Können Sie uns den Grund des Telefonats nennen?« fragte Nyrup.

»Es ging um die Terminabsprache für eine Besprechung mit Dr. Jack White. Dr. White ist verantwortlicher Manager für die

Explorationsaktivitäten in der Arktis und designiertes Vorstandsmitglied von OCEAN ENERGY. Er wollte uns nach New York einladen, um über zukünftige Projekte zu sprechen. Nachdem wir Pro und Kontra abgewogen und mögliche Termine sondiert hatten, wollte Ole ihm zusagen. Danach haben wir nicht mehr miteinander gesprochen«, antwortete Victoria.

»Haben Sie in letzter Zeit ungewöhnliche Verhaltensweisen und Vorgänge im Zusammenhang mit Herrn Seeberg bemerkt, oder gibt es möglicherweise Personen, denen Herrn Seeberg, sagen wir mal, unbequem geworden ist?«, bohrte Nyrup nach.

Victoria strich sich bedächtig durch ihr langes brünettes Haar. »Nun, ungewöhnlich fand ich in den letzten Wochen die Begegnung mit einer Frau von Greenpeace, die Ole mir nur durch eine zufällige Begegnung vorgestellt hat. Einige Tage später habe ich die beiden dann noch einmal in der Kopenhagener Innenstadt gesehen. Normalerweise bestehen zwischen Umweltaktivisten und unserem Ministerium keine engen Beziehungen.«

»Können Sie sich noch an den Namen der Frau erinnern?«

»Leider nicht, aber sie ist Dänin, Mitte 30, schlank, etwa 1,70 groß und hat auffällige, rötlich gefärbte Strähnen in ihren brünetten Haaren.«

Nyrup notierte sich die detaillierte Beschreibung und blickte währenddessen flüchtig zu Andersen. Aus dem Augenwinkel sah Nyrup, dass sie ihre Augenbrauenpartie leicht anhob, was scheinbar eine gewisse Anerkennung für Victorias Beobachtungen widerspiegelte.

Ras Asmussen hatte still der Konversation zugehört. »Victoria, die Kommissare haben zu Beginn ihres Besuchs den Wunsch geäußert, sich am Arbeitsplatz von Ole Seeberg umschauen zu dürfen. Kannst du sie bitte in sein Büro führen und soweit möglich weitere Auskünfte geben, denn ich habe in wenigen Minuten einen Termin.«

»Sicherlich, das kann ich gerne übernehmen!«

Nyrup und Andersen verabschiedeten sich dankend von Asmussen und folgten Victoria Bohr durch zwei schlichte Flure zum Büro von Ole Seeberg.

»Können wir den Laptop von Herrn Seeberg mitnehmen? Die darauf gespeicherten Daten können wichtige Hinweise enthalten. Das Gerät würden sie anschließend wieder zurückbekommen«, erkundigte sich Nyrup, nachdem sie sich einige Zeit umgesehen hatten.

»Da muss ich bei unseren IT-Verantwortlichen nachfragen, ob beziehungsweise wie wir Ihnen diesbezüglich helfen können. Alle Rechner sind mit Passwörtern geschützt und hängen zudem an unserem Netzwerk. Der normale E-Mail-Verkehr wird nicht auf dem Laptop gespeichert, daher sind vermutlich nur wenige gespeicherte Dateien auf der Festplatte zu finden«, erwiderte Victoria.

Nyrup blickte auf seine Armbanduhr. »Es ist spät geworden. Wir werden jetzt gehen. Danke für Ihre hilfreiche Unterstützung. Hier ist meine Karte, Frau Bohr. Wenn Sie die internen Fragen zu Herrn Seebergs Laptop beziehungsweise seinen Daten geklärt haben oder Ihnen noch etwas Wichtiges einfällt, melden Sie sich bitte umgehend.«

»Mache ich.«

»Eine Information bräuchte ich noch: Könnten Sie uns bitte die private Adresse von den Seebergs geben?«

»Natürlich!« Victoria schrieb die Anschrift auf einen kleinen Notizzettel und überreichte sie Nyrup.

2. Kapitel

Kopenhagen

Die Sonne ging gerade am Horizont unter, als Nyrup und Andersen bei den Seebergs klingelten. Sarah Seeberg öffnete die Tür.

»Frau Seeberg, wir sind von der Polizei. Können wir Sie einen Moment sprechen?«, erkundigte sich Nyrup mit dem Polizeiausweis in der Hand.

»Worum geht`s?«

»Um Ihren Mann. Er hatte einen Autounfall! Dürften wir bitte einen kurzen Moment hereinkommen?«

»Natürlich! Wie geht es Ole?«

Wortlos betraten Andersen und Nyrup das Wohnhaus.

Als sie im stilvoll eingerichteten Wohnzimmer auf den Ledersofas Platz genommen hatten, überbrachte Nyrup die Todesnachricht. Augenblicklich brach Sarah Seeberg geschockt und in Tränen aufgelöst zusammen.

Nach einer Weile strich die sonst so coole Clara Andersen der weinenden Sarah Seeberg mit der Handfläche über den Rücken.

»Wo ist Ole jetzt?«, fragte Sarah Seeberg schließlich schluchzend.

»Gegenwärtig befindet er sich für einige Untersuchungen in der Gerichtsmedizin. Wir geben Ihnen so schnell wie möglich Bescheid, wann und wo Sie Ihren Mann sehen können.«

»Wieso ist er in der Gerichtsmedizin?«, wollte Sarah Seeberg wissen.

»Wir haben an der linken Fahrzeugseite Beschädigungen vorgefunden, die entweder nicht ursächlich etwas mit dem Un-

16

fall zu tun haben oder durch Dritte herbeigeführt wurden. Haben sie Kenntnisse von diesen erst jüngst entstandenen Schäden?«, erkundigte sich Nyrup.

»Nein, ich weiß nichts von Beschädigungen an unserem Auto. Ole hätte mir davon erzählt. Gibt es denn noch weitere Unfallbeteiligte?«

»Um ganz offen zu sprechen: Die bisherigen Spuren und Ihre Aussage lassen vermuten, dass noch ein Auto in den Unfall verwickelt war und wir gegenwärtig eine Fahrerflucht oder andere Begleitumstände nicht ausschließen können.«

»Was meinen sie mit anderen Begleitumständen?«

»Falls sich der Unfall nicht rein zufällig ereignet hat, wäre auch noch Vorsatz eine mögliche Option. Wir ermitteln in Zweifelsfällen daher routinemäßig in mehrere Richtungen.«

Nach einem kleinen Moment faste Nyrup nach: »Da wir jetzt schon über die verschiedenen Ermittlungsansätze gesprochen haben … könnten sie uns auch die Frage beantworten, ob ihr Mann möglicherweise Menschen in seinem Umfeld hatte, die ihn nicht besonders mochten oder die man gar als Feinde bezeichnen könnte?«

Sarah Seeberg spürte die Spannung, die in dieser Frage lag. »Nein, Ole ist kein Mensch der Konflikte schürt, im Gegenteil, er versuchte stets angemessen zu handeln und war eher deeskalierend. Mit feinseligen oder stressigen Situationen kann … konnte mein Mann normalerweise relativ souverän umgehen. In letzter Zeit hatte ich jedoch den Eindruck, dass er im beruflichen Bereich von einigen Leuten bedrängt wurde Entscheidungen zu treffen, die seiner inneren Überzeugung widersprachen. Ole hat immer versucht seine Arbeit von der Familie fernzuhalten, aber diese amerikanische Firma, OCEAN

ENERGY, hat ihm schon einige Kopfschmerzen bereitet. Nun ja, aber als feindselig würde ich diese Menschen nicht bezeichnen.«

Dieser Spur sollten wir jedenfalls weiter nachgehen, dachte Nyrup.

Sarah Seeberg wischte sich eine Träne von der Wange und putzte sich die Nase. »Könnten Sie mich jetzt bitte alleine lassen? Meine Kinder kommen gleich von einer Geburtstagsfeier nach Hause und ich möchte ihnen das ohne Ihre Anwesenheit beibringen.«

»Frau Seeberg, wir möchten Ihnen nochmals unser Beileid aussprechen und uns bedanken, dass Sie sich angesichts der Umstände für uns Zeit genommen haben.«

An der Haustür verabschiedete sich Nyrup noch mit einem beherzten Händedruck von Sarah Seeberg.

3. Kapitel

Kopenhagen, 16. Juli

Die Geschäftsstelle von Greenpeace in Kopenhagen befand sich in der Bredgade 20. Mit dem Ziel, die Kontaktperson des verstorbenen Ole Seeberg ausfindig zu machen, fuhr Nyrup am Tag nach dem Autounfall, ohne Anmeldung, um zehn Uhr hin.

Einige Aktivisten planten offensichtlich gerade eine neue Kampagne. Nachdem sich Kommissar Nyrup vorgestellt hatte, fühlen sich die drei männlichen Anwesenden in ihren Vorbereitungen offenkundig ein wenig gestört.

»Ich suche eine Mitarbeiterin von Greenpeace. Sie ist Dänin, Mitte 30, schlank, etwa 1,70 groß und hat rötliche gefärbte Strähnen in den Haaren«, sagte Nyrup.

»Weshalb suchen Sie denn diese Frau?«, erkundigte sich einer der drei Männer.

»Sie hatte kürzlich Kontakt zu Ole Seeberg, einem Mitarbeiter des dänischen Klima- und Energieministeriums. Wir glauben, dass Sie uns bei einer polizeilichen Ermittlung helfen kann.«

»Ihre Beschreibung passt auf Anna Lundbye. Eigentlich müsste sie schon längst da sein, da sie uns helfen wollte. Ah, Sie haben Glück – da kommt sie gerade.«

Nyrup ging auf Anna Lundbye zu und hielt ihr seinen Dienstausweis hin. »Können wir uns irgendwo ungestört unterhalten? Es geht um Ole Seeberg.«

»Folgen Sie mir bitte!«, sagte Anna und schritt zügig auf den Nachbarraum zu.

»Kannten Sie Ole Seeberg?«, begann Nyrup seine Befragung, kaum dass die Tür hinter Ihnen geschlossen war..

19

»Wieso kannten?«

»Herr Seeberg hatte gestern einen tödlichen Autounfall. Der *Jyland-Posten* hat heute einen Kurzbericht über den Unfall gebracht«, erzählte Nyrup und legte ein Exemplar der Tageszeitung auf den Tisch.

Annas Blick verharrte eine kleine Ewigkeit bei dem Unfallbericht.

»Ja, wir haben uns einige Male getroffen«, begann sie zögerlich.

»Worum ging es bei Ihren Treffen?«, wollte Nyrup wissen.

»Kann ich davon ausgehen, dass Sie die Informationen vertraulich behandeln?«

»Das hängt natürlich von den Gegebenheiten ab, aber ich versichere Ihnen, dass ich sehr sorgsam mit den Informationen umgehen werde. Sollten Sie jedoch Kenntnisse haben, die zur Aufklärung einer Straftat dienen, sind Sie verpflichtet uns diese mitzuteilen, um sich nicht selbst strafbar zu machen«, antwortete Nyrup.

Anna Lundbye verzog leicht ihre Mundwinkel und nickte dabei fast unmerklich. »Ich traf Ole Seeberg das erste Mal vor vier Wochen. Er erzählte mir, dass er von einem ausländischen Unternehmen für die Ausweitung der Explorationstätigkeiten in der Arktis unter Druck gesetzt werde. Da ihm die Ansichten und Standpunkte von Greenpeace zu diesen Aktivitäten bekannt waren, wollte er mit unserer Hilfe und der Medien, also einer stärkeren öffentlichen Aufmerksamkeit, für die regionalen Interessen und wohl auch für sich eine bessere Position erhalten. Sein erklärtes Ziel war, auf Basis der Erkenntnisse und gewonnenen Erfahrungen aus den jetzigen Bohrtätigkeiten zunächst sorgfältige Auswertungen mit wohldurchdachten Schlussfolgerungen vorzunehmen, um anschließend die strategische Entwicklung der Region mit einem Höchstmaß an Sicherheit fortzuführen. Bei all diesen Tätigkeiten war ihm der nachhaltige Naturschutz in der Arktis sehr wichtig.«

»Glaubten Sie ihm?«

»Nach anfänglicher Skepsis und einem weiteren inoffiziellen Treffen habe ich ihm schließlich vertraut. Scheinbar gab es auch schon Drohungen, die gegen ihn beziehungsweise seine Familie gerichtet waren.«

»Warum hat er sich nicht an die Polizei gewandt?«

»Ohne Beweise wird von den Behörden in der Regel doch nichts unternommen und gegen Personen beziehungsweise Firmen aus dem Ausland ist ein solches Anliegen nahezu aussichtslos, oder?«

»Wahrscheinlich haben Sie recht«, musste Nyrup zustimmen.

»Herr Seeberg hat Greenpeace also Information zukommen lassen, die wir für unsere Zwecke und Aktionen sehr gut nutzen konnten und die in der Presse entsprechen Gehör fanden.«

»Hat er Ihnen Personen- oder Firmen genannt, von denen er bedroht wurde?«

»Nein. Namen von Personen sind nicht gefallen und eine konkrete Beschuldigung, von welchem Unternehmen dieser Druck ausgeübt wird, hat Herr Seeberg ebenfalls nicht geäußert. – Er sprach mitunter besorgt, vielleicht auch ein wenig verängstigt. Im Vertrauen erzählte er mir, dass es auch Verantwortliche auf einer Offshoreplattform in der Arktis gibt, die zur Durchführung ihrer zeitlich knappen Vorhaben einen rüden Umgangston pflegen. Er ging zwar davon aus, dass alle Sicherheitsvorschriften eingehalten werden, aber sicher schien er sich nicht zu sein. Ein unbequemer Supervisor auf besagter Bohranlage soll zehn Tage nach Beginn der Arbeiten verschwunden und durch eine neue leitende Aufsichtsperson ersetzt worden sein. Das kam ihm merkwürdig vor. Es hieß sogar, dass der Mann möglicherweise im Meer ertrunken sei. – Da Herr Seeberg von Ausweitung der Explorationstätigkeiten in der Arktis sprach, vermute ich aufgrund der äußeren Rahmenbedingungen und Informationen, dass eigentlich nur zwei in diesem Gebiet operierenden Unternehmen infrage kommen: Zum einen eine russische Firma und zum anderen die amerikanische Firma OCEAN ENERGY, von der im Rahmen des Genehmigungsverfahrens in den Medien berichtet wurde.«

Knud Nyrups Mobiltelefon klingelte.

Er verließ den Raum und nahm das Gespräch entgegen. Dann hörte er seiner Kollegin Clara Andersen aufmerksam zu. »Das heißt, Ole Seeberg wurde möglicherweise ermordet«, fasste er anschließend das Ermittlungsergebnis zusammen.

Nach Beendigung des Telefonats kehrte Nyrup zu Anna Lundbye zurück. »Haben sie vielen Dank für die offenen Worte. Ich muss jetzt gehen. Falls sich noch weitere Fragen ergeben, würde ich mich später noch einmal an sie wenden«, sagte Nyrup eilig und entschwand.

4. Kapitel

Kopenhagen

Im Kommissariat genoss Knud Nyrup um die Mittagzeit eine Tasse *Westminster Darjeeling Tee*. Clara Andersen saß ihm auf der anderen Seite des Tisches gegenüber.

»Ole Seeberg hatte weder Alkohol noch Betäubungsmittel im Blut. Die Fraktur des Genicks und die Hämatome stammen mit hoher Wahrscheinlichkeit von dem Aufprall des Volvos gegen den Pfeiler ...«, las Andersen laut aus dem Obduktionsbericht vor. »Eine am Unfallort sichergestellte Haarschuppe, an der sich ein kurzes brünettes Haar befand, wurde mit der DNA von Ole Seeberg verglichen, allerdings konnte keine Übereinstimmung festgestellt werden.«

»Wo hat man diese Haarschuppe gefunden?« hakte Nyrup nach.

Andersen sah wieder in den Obduktionsbericht und suchte nach der Information. »In einer Hemdfalte auf der Brustseite des Toten.«

»Interessant! Wir sollten überprüfen, ob die genetische Information zu Frau Seeberg, einem anderen Familienmitglied oder einer Person gehört, mit der Ole Seeberg an diesem Tag Kontakt hatte. Zudem sollten wir einen Vergleich mit unserer DNA-Analyse-Datenbank durchführen.«

»Okay! Ich werde alles Nötige für einen DNA-Abgleich veranlassen.«

Beim Betrachten der Tatortfotos dachte Nyrup über das Motiv nach, das zu diesem Unfalltod oder gar Mord geführt haben könnte.

23

»Wir sollten mit einem Verantwortlichen dieser amerikanischen Firma OCEAN ENERGY sprechen«, sprach Nyrup seinen momentanen Gedanken aus.

»Ich habe bereits in Erfahrung gebracht, dass das Unternehmen in Kopenhagen eine Vertretung mit einem kleinen Büro hat«, bemerkte Andersen.

»Ausgezeichnet! Fahr da mal hin. Viel verspreche ich mir zwar nicht davon, aber man kann ja nie wissen …«

Nyrup griff zum Telefonhörer und wählte die Nummer von Victoria Bohr. »Hallo Frau Bohr. Gibt es schon was Neues wegen der Computerdaten von Herrn Seeberg?«

»Ich habe unsere Juristen und IT-Experten unmittelbar nach unserem ersten Zusammentreffen angesprochen, aber im Moment wird Ihr Anliegen noch geprüft«, antwortete Victoria Bohr.

»Könnten Sie bitte noch einmal nachfragen?«

»Natürlich!«

»Wir würden außerdem gern etwas mehr von OCEAN ENERGY und über die Kontakte, die Ole Seeberg zu diesem Unternehmen hatte, erfahren. Sehen sie eine Möglichkeit, dass wir mit einem verantwortlichen Firmenvertreter sprechen können?«

»Glauben Sie, dass OCEAN ENERGY etwas mit dem Autounfall zu tun haben könnte?«, fragte Victoria.

»Wir überprüfen routinemäßig alle Möglichkeiten. Es muss noch einen Beteiligten am Unfallort gegeben haben, der entweder Fahrerflucht begangen oder aber den Unfall vorsätzlich herbeigeführt hat«, sagte Nyrup eindringlich.

»Dann kann ich ja von Glück reden, dass ich an dem Tag mit Ras Asmussen und einem weiteren Mitarbeiter des Ministeriums, den ganzen Vormittag eine Besprechung hatte und wir anschließend gemeinsam bis 14 Uhr zum Mittagessen waren«, sagte Victoria Bohr leicht ironisch.

»Damit haben Sie ein perfektes Alibi«, erwiderte Nyrup im gleichen Tonfall.

»Ich schicke Ihnen einige Informationen und versuche ein Treffen mit OCEAN ENERGY zu arrangieren.«

»Vielen Dank, Frau Bohr!« Nyrup legte auf.

Andersen und Nyrup wechselten einen kurzen Blick.

»Clara, haben wir schon etwas über das zweite Auto in Erfahrung bringen können?«

»Ein ausgebrannter schwarzer SUV wurde heute Morgen am Oceankaj im Nordhafen von Kopenhagen gefunden. Die Beschädigungen am gestohlenen Fahrzeug dürften zum Volvo von Ole Seeberg passen. Die Spurensicherung ist bereits vor Ort.«

5. Kapitel

New York, 16. Juli

Central Park South 8 in Manhattan war eine hervorragende Adresse in New York. Das Head-Office von OCEAN ENERGY befand sich im 51. Stock, mit einem fantastischen Blick auf den Central Park. Das Gebäude in exponierter Lage wurde erst im Jahre 2003 durch den preisgekrönten Stararchitekten George Carpenter, sowohl für höchsten Wohnkomfort als auch für die geschäftliche Nutzung mit einem Gesamtaufwand von 49 Millionen Dollar modernisiert und teilweise umgebaut.

Dr. Jack White, zuständig für New Ventures und designiertes Vorstandsmitglied von OCEAN ENERGY, hatte nach seinem Wirtschaftsstudium an der renommierten Harvard Universität und einem MBA eine beachtliche Karriere aufzuweisen. Gut vernetzt in Wirtschaft und Politik, konnte er mit seinen 39 Jahren einige beachtliche operative und strategische Erfolge erzielen. Ein luxuriöses Leben auf der Überholspur war das ehrgeizige Ziel, das er mit allem Nachdruck verfolgte.

Jack, wie ihn die meisten seiner Freunde nannten, wohnte eine Etage über dem Head Office in einem Penthouse. Diese Immobilie, die zum Firmenvermögen gehörte, hatte zwar nur zwei Wohnräume, Küche und Bad, aber dafür drei Terrassen mit einem überwältigenden Blick auf diese einzigartige Stadt. Der Dachgarten im italienischen Design, der einen versteckten Minipool und eine kleine Sitzlandschaft inmitten von Buchsbäumen, Gräsern und Eiben bot, glich einer kleinen Oase. Außerdem hatte das Gebäude einen Spezialfahrstuhl, mit dem Jack seinen Porsche 911 mit nach oben nehmen konnte. Vom

Wohnzimmer aus konnte er so jederzeit sein gegenwärtiges Lieblingsspielzeug betrachten.

Jacks jüngste Eroberung, eine aufstrebende attraktive Börsenmaklerin mit mittellangen brünetten Haaren und einer tollen Figur, war beeindruckt von dem exquisiten Ambiente. Nach einem gemeinsamen Kaffee zum Frühstück verließen beide am frühen Morgen die Wohnung.

»Darling, das war ein wundervoller Abend und eine ebenso schöne Nacht«, hauchte White ihr ins Ohr.

Dann trennten sich ihre Wege.

Um neun Uhr betrat Jack White das Büro seines Chefs.

»Guten Morgen, Jack. Möchtest du Kaffee? Wie war die Aufführung vom *Phantom der Oper*?«, wollte Dr. James Lesar wissen.

Der 55-jährige promovierte Geophysiker James Lesar, der rund um den Globus verschiedenste berufliche Erfahrungen in der Aufsuchung und Entwicklung von Öl- und Gasfeldern gesammelt hatte, bevor er vor acht Jahren die Position des Vorstandsvorsitzenden von OCEAN ENERGY übernahm, erhob sich von seinem Schreibtisch, kam auf Jack zu und bedeutete ihm, am runden Besprechungstisch Platz zu nehmen.

»Morgen, James. Eine Tasse Kaffee wäre gut. Die Klimaanlage im Majestic Theatre war zu kalt eingestellt, sodass die *Lovestory* zu einer schnellen Annäherung an meine charmante Begleiterin führte und nach der Vorstellung ein atemberaubendes Ende fand«, erwiderte Jack.

»Das heißt wohl, dass die *Lovestory* weitergeht«, grinste Lesar.

»Ich habe ein gutes Gefühl. Was daraus wird, steht allerdings in den Sternen. Aber ich werde nicht ewig Junggeselle bleiben!«, erwiderte Jack mit einem vielsagenden Lächeln.

»Was machen die Explorationsarbeiten in der Arktis?«, wollte Lesar nun wissen.

»Wir sind leicht hinter dem Zeitplan, aber ich werde dem verantwortlichen Manager der Offshoreplattform *Titan 1*, Ian Mackenzie, ein wenig Druck machen, dass wir den Verzug wieder aufholen und so unser Budget einhalten.«

»Okay, Jack, und wie sehen die weiteren Schritte in der regionalen Entwicklung aus?«

»Das dänische Energieministerium möchte zunächst die Ergebnisse der jetzigen Arbeiten abwarten und ist demzufolge gegenwärtig sehr zurückhaltend im Hinblick auf unsere weiteren Absichten. Die Planungen für die zweite Explorationsbohrung in der Arktis sind jedenfalls weit vorangeschritten. Ich werde alle erforderlichen Anstrengungen unternehmen, um demnächst ein weiteres Gespräch mit den verantwortlichen Personen führen zu können. Das ist dann auch unser nächster Meilenstein innerhalb des Gesamtprojektes«, antwortete Jack.

Lesar blickte einen Moment nachdenklich durch die gläserne Fassade auf den Central Park und wandte sich anschließend wieder Jack zu. »In der Arktis liegen schätzungsweise 100 Milliarden Barrel Öl unter dem Meeresboden, also etwa 20 Prozent der weltweiten Ölreserven. Das internationale Engagement wird bei Erfolg unserer ersten Bohrung rasant steigen und andere Konzerne werden mit enormen Investitionen nachziehen. Wir haben in den vergangenen drei bis vier Jahren kumuliert 1,8 Milliarden Dollar in die Vorbereitungen gesteckt und vermutlich hängt die Zukunft von OCEAN ENERGY in hohem Maße vom Erfolg dieser Anstrengungen ab. Jack, du hast mein volles Vertrauen und bekommst jede Unterstützung von mir, um die Sache zu forcieren. Ich hoffe, dass du während meiner

Urlaubszeit in deinen Bemühungen ein bedeutendes Stück vorankommst.«

»Sobald es wichtige Neuigkeiten gibt, schicke ich dir ein Memo«, sagte Jack.

Nach Beendigung der zweistündigen Besprechung verließ Jack zur Mittagszeit das Gebäude, ging einen Block weiter und steuerte zielstrebig einen öffentlichen Fernsprecher an. Aus dem Kopf wählte er eine Telefonnummer.

»John, hier ist Jack, können Sie sprechen?«

«Ja! Soll die zweite Aktion starten?«, antwortete John Wilkinson kurz.

»Ja, und zwar sofort!«, bestätigte Jack White bestimmt.

»Gibt es noch besondere Wünsche oder Änderungen vom Plan?«, erkundigte sich Wilkinson.

»Nein, alles wie abgemacht!«

»Geht klar. Bis dann ...«

White beendete das Telefongespräch.

6. Kapitel

Kopenhagen, 18. Juli

Zwei Tage, nachdem Kommissar Nyrup Anna Lundbye einen Besuch abgestattet hatte, machten Greenpeace-Aktivisten mit einer weiteren Protestaktion im Polarmeer auf sich aufmerksam.

Der *Jylland-Posten* berichtete, dass vier dänische Mitglieder von Greenpeace mit Schnellboten zur Bohrplattform *Titan 1* gefahren waren und an der Anlage vorübergehend ein Spruchband befestigen konnten:

Von dieser Bohrinsel wird seit sechs Wochen im Auftrag von OCEAN ENERGY die Offshorebohrung Gigant 1 vorgenommen. Bei einem Unfall droht eine Umweltkatastrophe.

Mit ihrem Appell wollten sie auf die ungenügende beziehungsweise nicht ausreichend erprobte Sicherheitstechnik und unzureichenden Notfallszenarien hinweisen. Zudem behauptete Greenpeace, dass jenseits des nördlichen Polarkreises die normale Kommunikation via E-Mail und der Empfang von Internet, Fernsehen oder Radio zunehmend schwieriger bis unmöglich würden. Ohne genügende Kommunikation könnten jedoch bei einem Notfall nicht alle erforderlichen Absprachen und Maßnahmen koordiniert werden. Diese Schwierigkeiten im Funkverkehr hätten sie bereits bei einer früheren Reise bis 80° nördlicher Breite gewonnen und erklären dies mit der Tatsache, dass die Satelliten im Norden allmählich hinter dem Horizont verschwänden.

Clara Andersen hatte diesen Beitrag aus dem *Jylland-Posten* eben zu Ende gelesen, als Nyrup eintraf. Es war noch früh am Morgen. Sie erzählte ihm von dem Artikel.

»Unglaublich, bei meinem Besuch vorgestern hat Anna Lundbye keinerlei Andeutungen zu dieser Aktion gemacht«, sagte Nyrup.

»Verständlicherweise«, kommentierte Andersen nüchtern.

»Wir sollten noch mal mit ihr sprechen, um zu erfahren, inwieweit Ole Seeberg über diese Protestaktion Bescheid wusste oder dazu beigetragen hat.«

Er wählte die Telefonnummer der Geschäftsstelle von Greenpeace und konnte kurz darauf die bekannte Stimme von Frederik Hunter vernehmen, dem er bei seinem Besuch begegnet war.

Auf die Frage, ob Anna Lundbye im Büro wäre, wurde ihm mitgeteilt, dass sie sich heute noch nicht gemeldet hätte.

»Könnten Sie mir bitte die Privatadresse von Frau Lundbye geben?« hakte Nyrup nach.

»Tut mir leid, die haben wir nicht.«

Nyrup ahnte, dass dies nicht die Wahrheit war, und beendete das Gespräch.

»Clara, such mal im Melderegister nach der Privatadresse von Anna Lundbye. Wir werden ihr einen kleinen Überraschungsbesuch abstatten.«

Keine Minute später wurde die gewünschte Information auf dem Monitor von Andersens PC angezeigt.

»Nimm deine Sachen, wir fahren sofort los«, sagte Nyrup.

Nyrup wusste um die Leidenschaft seiner Kollegin, daher überließ er das Fahren Andersen. Gerne nahm Clara das Angebot an und setzte sich schwungvoll ans Steuer. Sogleich setzte sie den Wagen mit ihrem üblichen rasanten Tempo in Bewegung und stoppte erst am Zielort, am Amager Boulevard 37.

»Was hältst du eigentlich von Geschwindigkeitsreduzierung durch Bremsen?«, fragte Nyrup, als das Auto zum Stehen kam.

»Sehr viel, wenn es denn sein muss! Wenn es sich jedoch vermeiden lässt, bin ich gegen die Umwandelung von kinetischer Energie in Wärmeenergie.«

»Soso!«, sagte Nyrup tonlos.

Sie stiegen aus und gingen zur Haustür des Mehrfamilienhauses. Aufgrund der Anordnung der Namen auf dem Klingelbrett vermuteten sie, dass Anna Lundbyes Wohnung sich im Erdgeschoss befinden musste, was das deutlich hörbare Klingelgeräusch bestätigte.

Während Nyrup noch wartete, ging Clara um das Haus und schaute von der Terrasse ins Wohnzimmer. »Knud!«, schrie sie.

Nyrup eilte herbei und blickte versteinert durch das Fenster auf den leblosen Körper von Anna Lundbye. Ohne zu zögern zog er sein Jackett aus, wickelte es um seine Hand und schlug mit voller Wucht die Fensterscheibe ein. Anschließend öffnete er die sich daneben befindliche Terrassentür und sie betraten die Wohnung.

»Kopfschuss! Eine Waffe ist nicht zu sehen. Es hat fast den Anschein, dass es sich um eine Hinrichtung handelt«, bemerkte Clara.

Nyrup konnte den Blick nicht abwenden. Was hatte sie getan, dass sie den Tod verdient hatte? Im Laufe seiner Karriere hatte Nyrup bereits viele Fälle gelöst, aber wo waren hier die Verbindungen? Da Ole Seeberg und Anna Lundbye sich gekannt hatten, konnte dieser Todesfall jedenfalls kein Zufall sein.

»Ich habe die Spurensicherung und einen Arzt angefordert«, sagte Clara.

»Ist gut!« Nyrup nickte.

Beim Rundgang durch die Wohnung verweilte Nyrups Blick auf den Naturbildern aus der Arktis. Auf einem Foto war eine

Eisbärin mit ihren Jungen, auf einem anderen Buckelwale und auf einem dritten stand Anna Lundbye mit Kollegen auf einer Eisfläche, unmittelbar dahinter war ein Schiff zu sehen.

»Knud, hast du eine Vermutung, warum Frau Lundbye ermordet wurde?«

Die einzigen Berührungspunkte, die Anna Lundbye und Ole Seeberg zueinander hatten, bestand in dem Anliegen, die Natur in der Arktis zu schützen. Lundbye sollte durch verstärkte Greenpeace-Aktionen noch mehr auf diese sensible Region aufmerksam machen. Der Naturschutz war ihm sehr wichtig. Ole Seeberg musste im Energieministerium natürlich Entscheidungen treffen und dabei Interessenskonflikte gegeneinander abwägen. Als anerkannt integre Person stand er mit seiner Position aber möglicherweise jemandem im Wege.«

Nach einem Moment der Stille klingelte sein Mobiltelefon. Nyrup zog sein Handy aus dem Jackett und nahm das Gespräch entgegen.

»Hallo, Herr Kommissar!«, sagte Victoria Bohr. »Ich habe ein Treffen mit Vertretern der Firma OCEAN ENERGY arrangiert. Einen Haken gibt es allerdings: Die Begegnung soll bereits am kommenden Montag, dem 22. Juli, in New York stattfinden. – Ich werde ebenfalls hinfliegen, um an einer geplanten Besprechung teilzunehmen. Für einige Fragen der dänischen Polizei hat mir ein verantwortlicher Firmenvertreter ein begrenztes Zeitfenster zugesagt.«

Nyrup blickte zu Andersen. »Ausgezeichnet! Meine Kollegin Clara Andersen wird mit Ihnen fliegen«, sagte Nyrup einen Augenblick später.

»Okay, ich werde Ihnen die Reisedaten gleich mailen. Wenn Sie bis dahin noch Fragen haben sollten, melden Sie sich bitte.«

Nyrup bedankte sich und beendete das Gespräch.

Sekunden später ertönte in der Ferne eine Polizeisirene.

Andersen ging zur Haustür und wartete auf die Beamten von der Spurensicherung und den Gerichtsmediziner. Als sie eintrafen, erklärte Nyrup, unter welchen Umständen Anna Lundbye aufgefunden wurde.

»Schicken Sie uns bitte sobald als möglich einen vorläufigen Bericht zum Todeszeitpunkt und den wesentlichen Ergebnissen zu«, bat Nyrup und verabschiedete sich.

Dann ging er mit Andersen zum Dienstwagen und sie fuhren zurück ins Kommissariat.

7. Kapitel

New York, 22. Juli

Die Taxifahrt vom New Yorker Flughafen zum legendären *Waldorf Astoria* in der Park Avenue 301 dauerte zur morgendlichen Rush Hour fast zwei Stunden. Da dieses exklusive Hotel eigentlich zu teuer für Staatsbeamte im mittleren Dienst war, konnte Andersen erst nach entsprechender Genehmigung ihres Chefs Erik Olsen der Empfehlung von Victoria Bohr folgen. Die Begründung, dass das Hotel nur etwa eine Meile von OCEAN ENERGY entfernt liege, andere geeignete Unterkünfte aufgrund von verschiedenen Veranstaltungen in New York ausgebucht oder zu weit entfernt lägen und somit mehr Zeit für gemeinsame Abstimmungen bliebe hatte schließlich doch zu einer Genehmigung geführt.

Victoria Bohr betrat im Eingangsbereich als Erste die breiten Marmorstufen des 42-stöckigen Art-déco-Gebäudes und ging zielstrebig in die wohltemperierte Lobby. Clara Andersen ließ das Ambiente auf sich wirken und stellte sich währenddessen vor, welchen Charme dieses Hotel auf seine Gäste seit seiner Entstehung im Jahre 1931 ausgestrahlt hatte.

Noch beeindruckt von den glänzenden Kronleuchtern, Mosaik-Fußböden, antiken Stilmöbeln und der zwei Tonnen schweren Standuhr im Foyer, checkten sie ein und ließen sich die Keycards für die mahagonigetäfelten Lifte und Zimmertüren aushändigen.

Auf dem Weg zu den Zimmern konnten sie schwarz-weiße und farbige Fotoaufnahmen von prominenten Gästen des *Waldorf Astoria* an den Wänden der Flure bewundern.

»Ich fahre gleich mit einem Yellow Cap zu OCEAN ENERGY, damit ich rechtzeitig zur Besprechung um zehn Uhr da bin. Meine Besprechung wird voraussichtlich drei Stunden dauern. Kommen Sie bitte nach, sodass wir uns dort gegen 14 Uhr treffen«, sagte Victoria und verabschiedete sich.

Eine halbe Stunde später wurde Victoria Bohr von Dr. Jack White, dem leitenden Geophysiker William Davis und dem Juristen Alexander Marshall von OCEAN ENERGY im eleganten Besprechungszimmer des Head Office in der 51. Etage des Hochhauses empfangen. Im Zentrum des Raumes stand ein großer Konferenztisch mit zwölf weich gepolsterten Stühlen. Victoria betrachtete die an den Wänden hängenden Bilder, darunter zwei Aquarelle und das Foto von einer schwimmenden Bohrplattform.

»Frau Bohr, wir haben mit großer Betroffenheit die Nachricht vom Tod ihres Kollegen aufgenommen. Wir werden der dänischen Polizei bei der Aufklärung gerne unsere Unterstützung zukommen lassen«, begann Jack White.

»Vielen Dank für die Anteilnahme und ihre Hilfe!«, erwiderte Victoria Bohr und blickte dabei in die Runde.

White ergriff wieder das Wort und erläuterte die heutige Agenda.

»Frau Bohr, wir werden Ihnen in der nächsten Stunde zunächst den aktuellen Status der Bohrtätigkeiten für die erste Explorationsbohrung darstellen und unter der Annahme, dass wir Erdöl finden, anschließend die Details zur Aufnahme eines Fördertests vorstellen. Eventuelle Fragen ihrerseits können wir zwischendurch jederzeit erörtern.«

Victoria Bohr nickte zustimmend und Jack White startete die vorbereitete Powerpoint-Präsentation.

Eine Stunde später waren alle Sachverhalte besprochen und White fasste das Besprochene abschließend zusammen: »Wie Sie sehen, sind wir bislang in unserem Zeitplan und hoffen in den nächsten Tagen Öl führende Schichten zu treffen. Gemäß der uns erteilten Genehmigung würden wir anschließend die zweite Bohrung beginnen.« White hielt inne und blickte zu Victoria Bohr.

»Wir hatten uns Anfang des Jahres darauf verständigt, dass der Beginn für eine zweite Bohrung spätestens Anfang August erfolgen muss, um das zur Verfügung stehende Zeitfenster einhalten zu können«, führte Bohr bedächtig aus.

»Das stimmt! Und wir sind zuversichtlich, dass wir das schaffen«, bestätigte Davis umgehend.

»Sofern sich in den nächsten Tagen der gewünschte Erfolg einstellt, werden wir uns an die getroffenen Vereinbarungen halten«, sagte Victoria Bohr.

White nickte zufrieden und ergriff wieder das Wort: »Wir möchten Ihnen jetzt noch die geplante Fortführung der zukünftigen Explorationstätigkeiten in der Arktis vorstellen und bitten anschließend um Ihre fachliche Expertise zu unseren Plänen.«

»Bitte, meine Herren. Sie haben meine vollkommene Aufmerksamkeit«, sagte Victoria Bohr und unterstützte das Gesagte mit einer einladenden Handbewegung.

Nach einer weiteren Stunde waren die Pläne der Firma OCEAN ENERGY für die nächsten Jahre wortreich dargelegt und die am Tisch sitzenden Vertreter warteten gespannt auf die Reaktion von Victoria Bohr.

Victoria dachte einen Augenblick nach, denn jetzt war es wichtig, kein unbedachtes Signal zu geben. »Der Zeitplan für weitere Bohrungen in der Arktis ist sehr ambitioniert«, sagte sie schließlich mit unbewegter Mine.

»Mit Ihrer Zustimmung und Hilfe können wir bei Realisierung des vorgestellten Konzepts, natürlich unter Einhaltung der getroffenen Umweltstandards, ein Optimum für die Entwicklung der grönländischen Region erreichen und mit den Steuereinnahmen können Sie einen beträchtlichen Anteil zur Haushaltskonsolidierung Dänemarks beitragen«, argumentierte White mit einem bewusst verhaltenen Lächeln.

»Dr. White, meine Herren, ich möchte mich hiermit noch einmal für Ihre Ausführungen bedanken. Bitte haben Sie Verständnis dafür, dass Ihre Daten und Vorstellungen in unserer Behörde einer intensiveren sachlichen Prüfung unterzogen werden müssen. Aufgrund des bisherigen öffentlichen Interesses hat eine Genehmigung für weitere Bohrungen auch eine nicht zu unterschätzende politische Komponente, daher kann ich zum gegenwärtigen Zeitpunkt noch keine verbindlichen Aussagen treffen.«

»Vielleicht können Sie uns beim Mittagessen jedoch Ihre Einschätzung mitteilen, wann wir mit einem Ergebnis Ihrer Prüfung rechnen dürfen«, äußerte Marshall seine Bitte.

Victoria lächelte.

Jack White beendete daraufhin die Besprechung und lud zum Lunch ein.

Während des Mittagessens versuchte Jack White mit seinem ganzen Charme, Victoria Bohr für sich und seine Pläne zu gewinnen. Vielleicht hatte er aber ein wenig zu viel von seinen Erfolgen erzählt und sich zu wenig für Victorias Interessen Zeit genommen, denn entgegen seinen Erwartungen ließ sich Victoria nicht von den Geschichten beeindrucken.

Als sie um 14 Uhr wieder im Head Office waren, wartete Clara Andersen bereits am Empfang von OCEAN ENERGY. Sie betrachtete die Innenausstattung und ließ sich von den perfekt abgestimmten Farben des Wanddekors, der Goldinschrift des Firmennamens an der marmorierten Wandfläche und den gerahmten Spiegeln inspirieren.

Davis verabschiedete sich während der Vorstellungsrunde.

»Ist es Ihnen recht, dass Victoria Bohr an Ihrer Befragung teilnimmt?«, erkundigte sich White.

»Dagegen habe ich nichts einzuwenden«, antwortete Andersen.

Zu viert gingen sie ins Besprechungszimmer und nahmen am Konferenztisch auf den bequemen Lederstühlen Platz.

Clara Andersens Sprachkenntnisse waren noch recht passabel, da sie vor Ihrer Polizeitätigkeit ein Jahr als Au-pair-Mädchen in Florida war. Angesichts des smarten Auftritts von Jack White, der zunächst einige Kunstexponate im Besprechungszimmer mit überschwänglicher Begeisterung erklärte, und der Aussicht auf den Central Park, war sie jedoch etwas sprachlos geworden.

Andersens Anspannung war allseits zu spüren.

»Dr. White, dafür, dass Sie die dänische Polizei bei der Untersuchung des Todes von Ole Seeberg unterstützen, möchte ich mich bei Ihnen in aller Form bedanken. Könnten Sie mir als Erstes etwas über Ihre letzten Kontakte und Begegnungen mit Ole Seeberg erzählen und wann Sie das letzte Mal in Kopenhagen gewesen sind?«, fragte sie schließlich.

»Ja, natürlich! Am 15. Juli fand hier das jährliche Treffen der General-Manager von OCEAN ENERGY statt. Am Vormittag, New Yorker Zeit, hatte ich noch mit Herrn Seeberg telefoniert. Er hatte mir die Zusage für eine geplante Besprechung gegeben, an der Frau Bohr auch teilnehmen sollte. Persönlich habe ich ihn das letzte Mal vor einem halben Jahr in Kopenhagen getroffen, als es um die Genehmigung und das Sicherheitskonzept für unsere erste Bohrung in der Arktis ging. Ich habe Herrn Seeberg übrigens stets als einen sehr umsichtigen und kompetenten Menschen wahrgenommen«, sagte White konzentriert.

Jack White blickte rasch zu Victoria Bohr und anschließend wieder zu Clara Andersen, die sich einige Notizen machte.

»Wir schließen ein Fremdverschulden beim Unfalltod von Ole Seeberg nicht aus. Hat Herr Seeberg Ihnen eventuell Informationen zukommen lassen, die uns bei den Ermittlungen helfen könnten?«, erkundigte sich Clara weiter.

»Nein, bedaure!«, erwiderte Jack White ernst. Dabei betrachtet er nochmals die Visitenkarte, die vor ihm auf dem Tisch lag. Unter dem Namen von Clara Andersen stand gestochen scharf: *Kommissarin.*

Für einen kurzen Moment sagte niemand etwas.

»Wie war das Verhältnis zwischen Ihnen und Herrn Seeberg in der zurückliegenden Zeit?«, fuhr Andersen fort.

»Ich empfand sie als relativ sachlich und professionell.«

»Bevor ich zu meiner nächsten Frage komme, bitte ich vorab um eine Auskunft: Wie viele Arbeiter und Aufsichtspersonen sind auf der Bohrplattform in Grönland beschäftigt?«

Jack White wies mit ausgestrecktem Arm auf eine Fotografie, die an der Wand hing. »Dort sehen sie die Plattform *Titan 1*, von der gegenwärtig unsere erste Explorationsbohrung in der Arktis abgeteuft wird.«

»… abgeteuft?«

»Ja, abgeteuft, das sagen Bergleute, wenn sie eine Bohrung niederbringen. Das von uns beauftragte Unternehmen TITAN DRILLING beschäftigt dort etwa 130 Personen. Die Bohrinsel ist wie ein kleiner Betrieb. Es gibt verschiedene Bereiche, wie das Bohren, die Aufbereitung der Bohrspülung mit einem kleinen Labor, Energieversorgung, Lagerung von Materialien insbesondere der Stahlrohre für das Bohrloch, Werkstätten, aber auch eine Küche, Reinigungsdienste et cetera gehören dazu. Schließlich sind Mitarbeiter von Servicefirmen auf der Plattform. In einer Bohrmannschaft arbeiten nach meiner Kenntnis etwa zwölf Personen mit jeweils einem Supervisor. Gebohrt wird rund um die Uhr. Je nach Aufgabe gibt es unterschiedliches Personal auf der Plattform. Die Arbeiter, Ingenieure, Anlagenmechaniker, Elektriker, Geologen, Petrophysiker, Informatiker und natürlich Sicherheitsfachkräfte arbeiten zumeist im Schichtbetrieb. Bislang verlaufen die Arbeiten planmäßig.«

»Ist es schon mal vorgekommen, dass jemand von der Bohrinsel ins Meer gefallen ist? Was würde man in einem solchen Fall unternehmen?«, fragte Andersen etwas naiv, aber mit einer bewusst aufgesetzten charmanten Mine.

Jack White blickte einen kurzen Augenblick in Andersens Gesicht und antworte dann souverän: »Jede Person trägt Schutzbekleidung und kann damit eine gewisse Zeit im kalten Wasser überleben. Regelmäßige Notfallübungen sind Pflicht, daher sind solche und noch wesentlich schwerere Fälle sicherlich im Notfall- und Rettungsplan enthalten. Sicherheit ist die oberste Maxime bei allen operativen Tätigkeiten. Der verantwortliche Manager der Offshoreplattform, Ian Mackenzie, hat nach unserer Kenntnis ein standardkonformes Notfallmanagement etabliert.« White machte eine kleine Pause, um die Informationen wirken zu lassen. »Mir ist zumindest kein Unfall auf der Plattform *Titan 1* bekannt.«

Mit ausdrucksloser Mine blickte Andersen zu White und dem Firmenanwalt, während sie über ihren nächsten Schachzug nachdachte.

»Ist eigentlich der verschwundene Supervisor wieder aufgetaucht?«, mischte sich Victoria Bohr ins Gespräch ein.

»Die angestrengten Suchaktionen sind nach meiner Kenntnis bislang erfolglos geblieben. Sobald es in der Sache Neuigkeiten gibt, werde ich Sie selbstverständlich umgehend davon unterrichten«, beteuerte White.

Jacks White Smartphone vibrierte. Mit einer kleinen Geste entschuldigte sich White, ging Richtung Fenster und nahm das Gespräch entgegen.

Momente später wandte er sich wieder den anderen zu: »Meine Damen, ich muss aufgrund einer dringend Angelegenheit diese Besprechung beenden und möchte mich dafür entschuldigen. Ich würde Sie aber gern heute Abend um 20 Uhr zu einem kleinen Dinner ins *Central Park Boathouse* einladen. Dort könnten wir die noch offenen Fragen besprechen«, sagte Jack White.

»Einverstanden! Also dann, bis heute Abend«, erwiderte Victoria.

Clara nickte mit einem Lächeln.

»Alexander, kannst du bitte die Damen zum Ausgang begleiten«, sagte White zu Marshall, den er nicht nur als Juristen, sondern auch als langjährigen Freund schätzte.

»Es wird mir eine Freude sein!«, antwortet dieser und stand auf..

8. Kapitel

New York

Mitten im Central Park lag das beliebte *Boathouse* idyllisch an einem See. Jack White betrat mit einem reklamefähigen Lächeln schwungvoll das Restaurant, in dem er schon öfter zu Gast war, und ging zielstrebig auf Victoria und Clara zu. Ein aufmerksamer Kellner begrüßte alle sehr freundlich und geleitete Sie an einen reservierten Tisch direkt am Wasser.

Clara ließ ihren Blick über Jacks sportlichen Körper gleiten. Zum Oberhemd trug White keinen Schlips, ein modernes Jackett und elegante italienische Schuhe. *Kein Ehering*, stellte sie fest.

Jack White verfolgte mit sehr aufmerksamen Augen jede Geste und Äußerung, in dem Bewusstsein, dass insbesondere Clara als karrierebewusste Mitarbeiterin der dänischen Polizei ihre dienstlichen Angelegenheiten gewissenhaft verfolgen würde. Der Abend mit zwei attraktiven Frauen konnte gefährlich werden, aber Jack liebte das Spiel mit dem Feuer. Das gab ihm einen Adrenalinkick der besonderen Art.

Während des ausgezeichneten Essens erzählte Jack amüsante Anekdoten über prominente New Yorker sowie von seiner Studienzeit in Harvard. Er konnte Victoria und Clara immer wieder zum Lachen bringen.

Nach dem dritten Gang und zwei Flaschen erlesenen Rotweins entstand eine zunehmend vertrauensvolle Atmosphäre.

»Kostet ein Studium in Harvard nicht ein kleines Vermögen?«, fragte Clara interessiert.

Jack lehnte sich zurück und überlegte einen kurzen Moment. »Im Regelfall schon! Ich hatte glücklicherweise ein Stipendium erhalten und konnte wie J. F. Kennedy, George Busch oder Bill Gates an dieser renommierten Universität studieren. Ein weiterer Absolvent ist übrigens der amtierende Bürgermeister von New York, Michael Bloomberg, der mittlerweile einer der reichsten Amerikaner ist.«

»Geld und Macht sind für ein glückliches Leben aber nur bedingt notwendig«, sagte Victoria leicht angeschwipst.

»Sicherlich, dennoch ist es schön zu wissen, dass unser Bürgermeister beides nutzt, um Bedürftigen zu helfen und um das Gemeinwohl zu stärken«, ergänzte Jack.

»Viele große Vermögen sind in der Geschichte dennoch unter moralisch fragwürdigen Gegebenheiten zustande gekommen«, sagte Clara schließlich.

Jack setzte sein Pokerface auf und erwiderte mit ironischem Tonfall: »Moral spielt im Geschäftsleben zumeist nur eine untergeordnete Rolle. Wer anders denkt, der verliert! Es geht immer darum, wer besser ist, machthungriger, schneller, gieriger und seine Ziele gegebenenfalls auch ohne Rücksicht und Skrupel durchsetzt. – Solche Aussagen hört man natürlich nicht in Harvard und erfolgreiche Unternehmer würden sich niemals so in der Öffentlichkeit äußern, aber das wahre Business ist verdammt hart.«

In Victorias Mimik konnte Clara eine Reihe von unausgesprochenen Fragen erkennen.

»Moralvorstellungen sind unterschiedlich. Welche moralischen Werte sind für Sie wichtig und welche Grenze würden Sie für Ihre Karriere niemals überschreiten?«, wollte Clara wissen.

»Interessante Frage!«, musste Jack zugeben. »Erfolg, Ehre, Freiheit und Freundschaft sind für mich wichtige moralische Werte. Und natürlich gibt es Grenzen, die ich niemals überschreiten könnte.« Jack hielt inne.

»Mord?«, fragte Clara rasch.

»Einen Menschen zu töten, ist natürlich eine solche Deadline. Als gläubiger Christ könnte ich derartige Handlungen niemals begehen«, bekundete White glaubhaft.

»Sind bei OCEAN ENERGY ökologische und wirtschaftliche Ziele gleichrangig und gibt es eine Moral bei der Gewinnmaximierung?«, wollte Victoria wissen.

Jack war von der Frage sichtlich verblüfft. »Beide Ziele haben in unserem Unternehmen einen hohen Stellenwert und werden bei gewichtigen Entscheidungen selbstverständlich stets im Rahmen der Verhältnismäßigkeit angemessen bewertet«, antwortete Jack.

»Hört sich wie einer dieser Standard-Management-Antworten an!«, meinte Clara mit einem leichten Lächeln.

»Vorhin hieß es, überspitzt gesagt, Geld kennt keine Moral. Kann es sein, dass sich die moralischen Werte und der Charakter von mächtigen Menschen verschieben? – Ich habe hierüber auf dem Flug von Kopenhagen nach New York einen Zeitungsartikel gelesen, in dem Top-Manager zugegeben haben, ihre eigenen moralischen und ethischen Wertvorstellungen verraten zu haben, um Erfolge vorweisen zu können. Einige Vertreter dieser Führungselite sind der Ansicht in diesem Überlebenskampf nur bestehen zu können, wenn gelegentlich moralisch verwerfliche Handlungen wissentlich hingenommen werden. Bei einigen Top-Managern führen diese Handlungsweisen zu einem schlechten Gewissen, andere hingegen passen praktischerweise ihre Vorstellungen an«, sagte Victoria in der Absicht, Jack White noch ein wenig herauszufordern.

»Interessant. Ich glaube aber, dass diese Verhaltensweise nur auf eine Minderheit von Managern zutrifft«, kommentierte Jack das Gesagte und trank genussvoll sein Glas Rotwein aus.

Victoria stand auf, entschuldigte sich kurz und ging zur Toilette.

»Clara, hätten sie Lust den Abend gemütlich mit einem Cocktail ausklingen zu lassen?«, erkundigte sich White mit charmantem Interesse.

»Eine schöne Idee, am besten mit einem fantastischen Ausblick auf die nächtliche New Yorker Skyline.«

Als Victoria zurückkam wiederholte Jack seinen Vorschlag auf einen gemeinsamen Cocktail.

»Ohne mich! Durch die Zeitverschiebung hat sich mein Bio-Rhythmus immer noch nicht umgestellt. Vor dem Rückflug möchte ich daher noch einige Stunden relaxen und jetzt zum Hotel fahren«, sagte Victoria mit einem leicht unterdrückten Gähnen.

Nachdem sich Victoria verabschiedet hatte, gingen Clara und Jack auf die Terrasse des *Boathouse*. Leider war diese sehr voll, sodass Jack vorschlug, die Location zu wechseln. Sie fuhren in den *Iris und Gerald Cantor Roof Garden* in der 5. Avenue in Höhe der 82. Straße. Durch den schönen Blick auf den Central Park und die vielen Lichter von Manhattan hielten viele New Yorker diesen Platz insgeheim für einen der romantischen Orte in dieser quirligen Stadt.

Als sie auf dem Dachgarten waren und gute Sitzplätze bekamen meinte Clara: »Die Aussicht ist wirklich atemberaubend!«

Jack stimmte zu, meinte aber den Blick auf Clara selbst.

Die Flirt-Stimmung zwischen den beiden hielt seit dem Abendessen ungebremst an. Die Gespräche wurden vertrauter und Jacks Charisma hatte eine nahezu magische Anziehungskraft auf Clara. *Eine beeindruckende Karriere, finanzielle Unabhängigkeit und ein guter Liebhaber ...?*, fragte sich Clara stillschweigend.

Zwei Cocktails später, als die Spannung kaum noch auszuhalten war, küsste Jack Clara auf die Wange. »Möchtest du die restliche Nacht mit mir verbringen und sie zu einem unvergesslichen Moment in unserem Leben machen?«, flüsterte er.

Ohne lange zu überlegen stimmte sie mit einem leidenschaftlichen Kuss zu.

***

Wie jeden Morgen um sieben Uhr ertönte das automatische Wecksignal aus Jacks Mobiltelefon.

Im halbdunklen Raum sahen sie sich einen Moment lächelnd in die Augen und Clara streichelte über Jacks Arm. Nach einem raschen Blick auf die Uhr war Clara jedoch schlagartig hellwach, da ihr bewusst wurde, dass sie schon in wenigen Stunden mit Victoria den gebuchten Rückflug nach Kopenhagen antreten musste.

»Verflucht!« Clara sprang aus dem Bett, suchte ihre Kleidungsstücke zusammen und zog sich rasch an. Jack schaute ihr dabei genüsslich zu.

»Gibt es ein Wiedersehen?«, fragte er schließlich.

»Wir werden sehen«, flüsterte Clara lasziv und verließ das Penthouse.

Vier Stunden später saß Clara mit müdem Gesicht neben Victoria im Flugzeug. Ihr war klar, dass die letzte Nacht sicherlich kein professionelles Verhalten einer Kommissarin war. Dennoch … Clara würde diese Nacht nie vergessen.

9. Kapitel

Grönland, 24. Juli

Der Firmenjet von OCEAN ENERGY, eine *Bombardier Challenger 300*, landete in den frühen Morgenstunden auf dem Flughafen *Constabile Point* in *Nerlerit Inaat*. Durch die Zeitverschiebung zwischen New York und der Ostküste Grönlands von etwa vier Stunden, wurde die Nachtruhe der Fluggäste annähernd halbiert. Die Ölgesellschaft *Atlantic Richfield Company* hatte bereits 1985 diesen Airport im Nordosten Grönlands gebaut. Da ausgesprochen wenig Flugverkehr in dieser abgelegenen Region vorkam, konnte Jack White zusammen mit dem leitenden Geologen Liam Bascom und dem Geophysiker William Davis ohne Verzögerungen einen bereits wartenden Helikopter besteigen und zur Offshoreplattform *Titan 1* weiterfliegen.

In nördlicher Richtung überflogen sie Teilgebiete des bereits 1974 gegründeten größten Nationalparks der Welt. Etwa ein Drittel des Landes unterstand dem UNESCO-Programm *Mensch und Biosphäre*. Mehrere Tausend Moschusochsen und verschiedene Landsäuger Grönlands lebten in diesem Gebiet. Auf ihrer Flugroute sahen sie in Küstennähe einen einzelnen Eisbär, der auf Nahrungssuche war.

»Forscher haben jüngst herausgefunden, dass es Eisbären schon seit etwa 600.000 Jahren gibt. In dieser Zeit haben sie verschiedene Wärmeperioden überstanden. Gegenwärtig gibt es auf der Nordhalbkugel noch etwa 20.000 Exemplare. Bleibt zu hoffen, dass sie auch die gegenwärtige Klimaerwärmung überstehen«, sagte Hubschrauberpilot Arne Lindberg in einer

49

Art und Weise, wie er es zuvor auch schon anderen Individual-
touristen, die seine Dienste in Anspruch genommen hatten,
erzählte.

Niemand der Fluggäste kommentierte das Gesagte, stattdes-
sen sahen alle gedankenverloren auf die vorbeiziehende Natur,
wie nur eine göttliche Fügung sie geschaffen haben konnte.

Nach einem halbstündigen Flug in der Nähe des Küstenstrei-
fens änderte der Pilot den Kurs und hielt in nordöstliche Richtung auf den offenen Ozean zu. Der Hubschrauber überflog
kleinere Eisschollen und 20 Minuten später wurde am Horizont
die Bohrinsel in der Grönlandsee sichtbar. Aus unmittelbarer
Nähe konnte die Besatzung den stählernen Bohrturm, die über
mehrere Ebenen verteilten technischen Anlagen und zwei
Hilfskräne sehen. Neben dem Bürotrakt und den Unterkünften,
waren drei rote Rettungsboote auf einer geneigten Rutsche angebracht, die im Notfall mitsamt der Bohrmannschaft aus be-
achtlicher Höhe ins Wasser stürzen würden.

Auf dem Hubschrauberlandeplatz wurden Dr. White und
seine Kollegen vom Sicherheitschef John Stevens empfangen.

»Es ist erstaunlich, wie ruhig diese Stahlkonstruktion auf
dem Wasser schwimmt«, sagte Bascom nach einer kurzen Begrüßung.

»Heute haben wir natürlich Glück mit dem Wetter, viel Sonne und kaum Wind, sonst schaukelt es schon mal ein wenig«,
scherzte Stevens.

»Nein, im ernst. Wie sie gesehen haben, steht die Bohrplattform auf vier soliden Beinen, die unter der Wasseroberfläche
auf zwei schwimmfähigen Stegen miteinander verbunden sind.
Diese hohlen Stege werden je nach Bedarf entleert oder geflu-

tet und verleihen der Anlage somit den nötigen Auftrieb und eine gewisse Steifigkeit. Nachdem die Bohrinsel *Titan 1* vor einigen Wochen den jetzigen Standort erreicht hatte, wurden die Stege, man könnte sie auch Ballasttanks nennen, geflutet, bis die Plattform bis zur Hälfte im Wasser eingetaucht war. In diesem Zustand liegt die Halbtaucherbohrinsel normalerweise relativ ruhig und stabil im Wasser. Nach den Berechnungen der Konstrukteure sollten selbst schwere Stürme und andere extreme Wetterbedingungen der Anlage nichts ausmachen. – Das ist schon eine bemerkenswerte Ingenieurleistung, zumal die Plattform nahezu fünf Stockwerke hoch ist, eine Gesamtmasse von rund 24.000 Tonnen hat und hoffentlich niemals in eine kritische Schieflage kommt. Über eine Computersteuerung wird die Bohrinsel zudem durch mehrere um 360 Grad schwenkbare Antriebe exakt auf dieser Position und damit über dem etwa 640 Meter unter der Wasseroberfläche liegenden Bohrloch, gehalten«, erklärte Stevens. Man merkte, dass er diesen Vortrag schon sehr oft gehalten hatte.

»Die Unterkante der Plattform ist nach meiner Schätzung etwa 25 bis 30 Meter über der Wasseroberfläche. Warum so hoch?«, fragte Bascom.

»Ihre Schätzung ist ziemlich gut! Sie haben doch sicherlich schon einmal etwas von Monsterwellen gehört, oder?«, meinte Stevens mit zusammengekniffenen Augen.

»Ehrlich gesagt weiß ich nicht sehr viel darüber.«

»Nun, diese Monsterwellen können plötzlich aus dem Nichts auftauchen und die Existenz einer Bohrinsel gefährden. Diverse Forscher beschäftigen sich mit diesem Phänomen. So soll das Zusammenwirken von Meeresströmungen, Stürmen, Untiefen oder Hindernissen und verschiedener anderer Faktoren eine solche Welle bilden können. Die höchste Monsterwelle, die bislang gemessen wurde, betrug etwa 25 Meter. Bei der Auswahl des jetzigen Standortes der Bohrinsel wurden daher vorab sogar mit Hilfe von Satelliten im Weltall Radarmessungen der Meeresoberfläche durchgeführt, um festzustellen, ob hier mit solchen Erscheinungen zu rechnen ist. Diese Untersuchungen haben aber keine bedeutenden Anzeichen für eine derartige Gefahr aufgezeigt. Dennoch, um sicherzugehen, dass selbst so ein massiges Ungetüm mit seiner unvorstellbaren Energie keinen Schaden anrichten kann, wurde diese hohe Plattformhöhe gewählt«, erklärte Stevens.

»Vielen Dank für die Erklärung«, murmelte Bascom.

»Bevor ich sie zum Plattformmanager bringe, bekommen alle noch eine etwa 20 Minuten dauernde Kurzunterweisung über die Sicherheitsbestimmungen auf der *Titan 1*«, sagte Stevens weiter und dirigierte White, Davis und Bascom in den Schulungsraum.

Nach der obligatorischen Sicherheitsunterweisung gingen sie zu viert zum Büro von Ian Mackenzie. Dabei überquerten sie unzählige Gitterrostpassagen, durch die sie auf die Oberfläche des Ozeans sehen konnten und meisterten eine Vielzahl von Treppenkonstruktionen.

Im Bürotrakt sahen sie beim Vorbeigehen in einen offenstehenden Arbeitsraum. Techniker saßen vor Computern und überwachten von hier aus die aktuellen Bohrarbeiten.

White konnte auf einem größeren elektronischen Display die aktuelle Bohrteufe ablesen: »1.998 Meter«, sagte er zu Davis.

Dieser nickte, dann gingen sie weiter.

***

Ian Mackenzie hatte nach dem Studium der Erdölwissenschaften für verschiedene Firmen weltweit nach Erdöl und Erdgas gebohrt. Nun war er Ende 40 und mit fünf Prozent an TITAN DRILLING beteiligt. Im Gegensatz zu seinem Vater, der ein kleines Unternehmen gründete und stets rechtschaffen ein bekömmliches Auskommen mit dem Verkauf von Anlagenkomponenten für Bohrplattformen hatte, war Ian Mackenzie klar, dass man in diesem Business deutlich mehr verdienen konnte. Als sein Vater vor zwei Jahren starb und sich die Gelegenheit ergab als Teilhaber der russischen Bohrfirma TITAN DRILLING lukrative Geschäfte zu machen, verkaufte er die Firma seines Vaters und stieg ein.

Als verantwortlicher Manager der Plattform *Titan 1* verfolgte Mackenzie die Bohrarbeiten mit sachlicher Härte gegenüber seinen Führungs- und Aufsichtspersonen, denn zur Gewinnmaximierung sollten die vertraglichen Ziele mit OCEAN ENERGY sowohl im Zeit- als auch Kostenrahmen unterschritten werden. Wenn ihm das gelang, würde eine beachtliche Geldsumme auf sein Konto fließen.

Mackenzie, der ein gesundes Maß an Aggressivität und Arroganz nicht zwangsläufig für negative Eigenschaften hielt, gehörte zu denjenigen Menschen, die Reibung und nicht Harmonie brauchten. Spitzfindige Bemerkungen, kleine Provokationen sowie Intrigen gehörten zum Tagesablauf, und erst wenn ein ihm unterstellter Mitarbeiter innerlich kochte, fand Ian ein gewisses Maß an Zufriedenheit.

»Mit dem schwarzen Gold kannst du reich werden«, hatte sein Vater einst gesagt. Mit diesem Explorationsauftrag, das war Ian Mackenzie klar, könnte die Prophezeiung wahr werden.

Mackenzie saß konzentriert an seinem Schreibtisch und las Berichte, als es an der Tür klopfte und die erwarteten Besucher eintraten.

»Willkommen auf der *Titan 1*!«, sagte Mackenzie zur Begrüßung.

»Schön, endlich an Bord zu sein«, erwiderte White mit schmalem Lächeln.

Nach kurzem Blickwechsel zwischen Mackenzie und Stevens verabschiedete sich dieser und schloss die Tür hinter sich.

»Momentan kaum vorstellbar, dass an gleicher Stelle, an der sich jetzt die Bohrplattform befindet, im Winter eine geschlossene Eisfläche ist«, meinte Davis.

»Das Zeitfenster von etwa fünf Monaten, in dem der Ozean hier nicht zugefroren ist, ist in der Tat verhältnismäßig kurz. Aber auch jetzt sind kleine vorbeiziehende Eisberge in dieser exponierten Lage permanent eine ernst zu nehmende Herausforderung. Sie wissen ja, dass ständig drei Schlepper in Bereitschaft stehen. Mit denen sollen Eisschollen, die sich auf Kollisionskurs befinden, in entsprechendem Sicherheitsabstand an der Bohrinsel vorbeigezogen werden«, entgegnete Mackenzie.

In dem Moment öffnete sich die Bürotür. Der 52-jährige stämmige Bohringenieur Jayden Torrey und der ebenso alte Geologe Michael Andrews betraten das funktionell eingerichtet Zimmer.

»So, jetzt sind wir vollzählig! Bitte nehmen sie Platz, damit wir mit der heutigen Besprechung beginnen können«, forderte Mackenzie alle Anwesenden auf.

Mackenzie erläuterte zunächst die anfänglichen Schwierigkeiten bei der Installierung des Bohrlochkopfes und des zwölf Meter hohen Blowout Preventers *BOP* am Meeresboden. Als die BOP-Anlage mit den Sicherheitsabsperrarmaturen zum Verschließen des Bohrlochs installiert war, wurden die Bohrarbeiten mit Hochdruck aufgenommen.

Anschließend gab Mackenzie einen allgemeinen Überblick über den aktuellen Status quo der Bohrung und verwies auf die nächsten Meilensteine des Projektes.

Torrey, der erst seit einem halben Jahr für TITAN DRILLING arbeitete, erklärte anschließend die bohrtechnischen Details. In der Runde wurden diese Einzelheiten zum Teil sehr kontrovers diskutiert, insbesondere welche Gründe zu der Abweichung vom Zeitplan geführt hatten und wie dieser Verzug wieder aufgeholt werden könnte.

»Die Ansprache der geologischen Schichten ist in der arktischen Region zum Teil Pionierarbeit, aber die wissenschaftlichen Erkenntnisse und Besonderheiten helfen uns bei der Planung regionaler Folgebohrungen. Wenn keine technischen Schwierigkeiten auftreten, werden wir in den nächsten Tagen voraussichtlich unsere Zielformation erreichen«, sagte Andrews, der seit Bohrbeginn die geologische Begleitung des Explorationsprojektes auf der Bohrinsel wahrnahm.

Liam Bascom schätzte die fachliche Expertise und das Engagement seines Mitarbeiters Michael Andrews sehr. Aufgrund zahlreicher Explorationserfolge hatte sich die Vertrauensbasis zwischen Ihnen in den letzten zwölf Jahren verbreitert und so unterstützten sie sich zumeist gegenseitig.

»Für die anschließende zweite Explorationsbohrung ist es enorm wichtig, dass wir das Timing auf jeden Fall weiter optimieren, damit wir rechtzeitig vor Anbruch des arktischen Winters fertig sind. Bekanntermaßen dürfen wir aus Sicherheitsgründen nur bis Ende August, also in der Zeit, in der die Sonne nicht untergeht, bohren«, betonte Bascom noch einmal.

»Dr. White, könnten wir noch einen weiteren Punkt unter vier Augen erörtern?«, fragte Mackenzie.

Sie warfen sich einen intensiven Blick zu.

»Natürlich!«

White und Mackenzie gingen in den Nachbarraum, schlossen die Tür und unterhielten sich gedämpft.

»Ist das Problem beseitigt?«, fragte White sogleich mit einer Stimme, die etwas Endgültiges hatte.

»Ja, von diesem sturen Supervisor wird man kein Wort mehr hören. Er hielt meine Arbeitsanweisungen für nicht sicher genug und beharrte immer wieder auf der pedantischen Einhaltung der internationalen Standards, was uns jedoch zu viel Zeit gekostet hätte. Er musste verschwinden, je schneller, desto besser. Auch lange Streitigkeiten mit Anwälten, oder wem auch immer, waren nicht hinnehmbar. Die Eishaie werden diesen Leckerbissen bestimmt schon verspeist haben«, sagte Mackenzie kühl.

»So weit, so gut! Aber wieso mussten sie sein Verschwinden dem dänischen Energieministerium melden?«, erkundigte sich White schroff.

»Nils Nasch, ein junger pflichtbewusster Mitarbeiter, wusste, dass ein derartiges Ereignis sofort an die Aufsichtsbehörde gemeldet werden muss und hat, ohne Nachfrage bei unserm Sicherheitschef, diese Information rausgegeben. – Das wird er sicherlich nicht noch einmal tun, denn die Konsequenzen haben wir ihm unmissverständlich klar gemacht.«

»Okay!« White nickte zufrieden. »Spätestens Anfang Oktober muss die Bohrinsel aus dem Gebiet des arktischen Meereises in eine eisfreie Region verlegt werden. Bis dahin muss die zweite Bohrung fertig sein. Um die Genehmigungsseite kümmern wir uns derzeit sehr intensiv.«

White hielt kurz inne, blickte Mackenzie für eine Sekunde in die Augen und sprach dann mit fester Stimme weiter: »Unser Deal gilt und ich hoffe, dass sie meinem Vertrauen gerecht werden. Das Konto auf den Kaimaninseln ist übrigens eingerichtet und weist absprachegemäß bereits einen Betrag von 500.000 Dollar auf. Sobald die zweite Bohrung termingemäß abgeteuft ist, wird die vereinbarte Restsumme in Höhe von 4,5 Millionen Dollar dorthin überwiesen.«

Jack White übergab Mackenzie ein Schriftstück, auf dem die Zugangsdaten zu dem Konto standen.

»Sie können sich voll und ganz auf mich verlassen!«, versicherte Mackenzie.

Anschließend gingen sie wieder zu den anderen.

Nach einem gemeinsamen Abendessen flogen White, Bascom und Davis zurück nach New York.

10. Kapitel

Kopenhagen, 24. Juli

Einen Tag nach ihrer Rückkehr aus New York betrat Clara Andersen mit einem leichten Jetlag am Morgen das Büro im Kommissariat und fand eine Nachricht auf Ihrem Schreibtisch vor. Sogleich ging sie zu ihrem Chef Erik Olsen. Nyrup und ein ihr bislang unbekannter Mann befanden sich ebenfalls im Büro und erwarteten sie bereits.

Olsen blickte sie einen Moment an und stellte anschließend Per Hammond vom dänischen Geheimdienst vor. Andersen musterte ihn: Gut aussehend, vermutlich Mitte 40, große Statur, makelloser blauer Anzug und Krawatte. Obwohl er noch nichts gesagt hatte, konnte Clara eine gewisse Autorität und Souveränität wahrnehmen.

»Welche Neuigkeiten gibt es von der Dienstreise nach New York und von OCEAN ENERGY? Sie können offen sprechen«, sagte Olsen und deutete mit einer Geste auf den freien Stuhl.

Andersen setzte sich. »Nicht sehr viel. Dr. White war zum Zeitpunkt des Unfalls von Ole Seeberg in New York und hat somit ein wasserdichtes Alibi. Zu dem verschwunden Supervisor auf der Plattform *Titan 1* konnte er uns nichts Neues mitteilen. Ansonsten bekam ich auf meine Fragen einige von diesen geschliffenen Managerantworten, die uns in der Sache allerdings nicht weiterhelfen«, erwiderte Clara Andersen leicht verunsichert.

»Verschwundener Supervisor?«, fragte Per Hammond nach.

»Ja, es handelt sich um Alan Colins, 56 Jahre alt, geschieden, keine Kinder. Er ist als Aufsichtsperson keine zwei Wochen nach Beginn der Bohrarbeiten verschwunden und laut Auskunft von Dr. White trotz intensiver Suche unauffindbar«, erklärte Andersen.

Sie nahm sich eine Tasse Tee und lehnte sich auf ihrem Stuhl zurück.

»Merkwürdig!«

»Clara, wir haben zwischenzeitlich vom Klima- und Energieministerium erfahren, dass Ole Seeberg einen Trojaner auf seinem Rechner hatte, der seine gesamte Korrespondenz ausspionierte und die Daten an eine IP-Adresse bei OCEAN ENERGY übermittelt hat«, schalte sich Nyrup in die Diskussion ein.

»Was? Das ist ja unglaublich!«

»Die Verantwortlichen im Ministerium haben daraufhin den dänischen Geheimdienst PET hinzugezogen, um einen möglichen Schaden zu evaluieren. Zudem soll der Geheimdienst die Auswirkungen bewerten und die Maßnahmen zur Verbesserung der Sicherheit begleiten. Ich habe selbstverständlich unsere Kooperation zugesagt und deswegen wird Per Hammond ab sofort die Ermittlungen unterstützen«, sagte Olsen.

»Wann wurde der Trojaner eingeschleust beziehungsweise seit wann wurde Ole Seeberg von OCEAN ENERGY observiert?«, wollte Andersen wissen.

»Seit etwa einem Jahr«, erwiderte Hammond.

»Und wie passen die vermutlichen Morde an Ole Seeberg und Anna Lundbye in diese Geschichte?«, dachte Andersen laut.

»Das müssen wir schnellstmöglich herausfinden«, sagte Nyrup verhalten.

»Der Schriftverkehr von Ole Seeberg wird vom Ministerium als vertrauliche Angelegenheit eingestuft. Wir haben jedoch eine Autorisierung für unsere Ermittlungstätigkeiten erhalten.

Ich schlage vor, dass wir gemeinsam den Bestand der Dokumente und E-Mails sichten und dann das weitere Vorgehen abstimmen. – Es scheint so, dass die beiden Morde in einem kausalen Zusammenhang stehen. Falls es geplante Morde gewesen sind, könnten der Killer oder sein Auftraggeber zumindest bei Ole Seeberg sehr genau über seine Absichten und Pläne Bescheid gewusst haben. Zunächst geht es mir selbstverständlich darum, diese Person oder Personen für lange Zeit hinter Gitter zu bringen, aber auch aufzuklären, wie es dazu kam, dass das Sicherheitssystem durchbrochen wurde«, bemerkte Hammond eindringlich.

Andersen blickte Nyrup an. »Wir sollten unverzüglich prüfen, ob Anna Lundbye auch ausspioniert wurde.«

»Das private Notebook wurde aus ihrer Wohnung gestohlen und im Büro bei Greenpeace hatte sie keinen anderen Account, daher wird es wohl schwierig, hierzu sichere Information zu erlangen«, konstatierte Nyrup mit unglücklicher Mine.

»Ich habe übrigens mit den amerikanischen Kollegen Kontakt aufgenommen, um herauszufinden, wem die IP-Adresse bei OCEAN ENERGY gehört und was gegebenenfalls über diese Person vorliegt«, sagte Hammond fast schon beiläufig.

»Mit dem FBI? Und gibt es schon erste Resultate?« wollte Andersen neugierig wissen.

»Ja, mit dem FBI in Washington. Und nein, es gibt noch keine weiterführenden Informationen. So schnell geht das bedauerlicherweise nicht, da zunächst die Unschuldsvermutung auch im amerikanischen Rechtssystem für alle Amerikaner gilt und entsprechende Genehmigungen eingeholt werden müssen. Sobald es etwas Neues gibt, erfahren sie es jedoch umgehend«, beteuerte Hammond.

Andersen kniff dir Augenbrauen leicht zusammen und blickte gleichgültig sowie ein wenig misstrauisch in Hammonds blaue Augen.

»Ich habe noch ein kleines Anliegen, Frau Andersen. Könnten Sie mir bitte die verfügbaren Informationen zu dem verschwundenen Supervisor zukommen lassen?«, fragte Hammond nonchalant.

»Natürlich. Wenn Sie mir Ihre E-Mail-Adresse geben, bekommen Sie die Daten noch vor dem Mittagessen«, erwiderte Andersen.

Nyrup räusperte sich.

»Falls zu den Todesfällen von Ole Seeberg und Anna Lundbye Presserklärungen erforderlich sind, werde ausschließlich ich diese abgeben«, ließ Olsen die Anwesenden zum Ende der Besprechung wissen.

11. Kapitel

Grönland

Da die Sonne in der Arktis im Sommer nicht untergeht, brach der 25. Juli an, ohne dass es von der Bohrmannschaft der *Titan 1* bewusst wahrgenommen wurde. Die Aufmerksamkeit und Spannung der Crew stiegen auf der Offshoreplattform an, da der Bohrmeißel eine Teufe von 2.037 Metern und somit den oberen Bereich der erhofften Öl führenden Schicht erreicht hatte.

Mackenzie stand mit Bohringenieur Jayden Torrey in der Kommandozentrale und wartete auf die Bewertungen des Geologen Michael Andrews von OCEAN ENERGY, der die zutage kommende Bohrspülung und das Erbohrte auf Ölspuren untersuchte. Natürlich wussten beide, dass das vom Bohrmeißel zerkleinerte Gestein eine gewisse Zeit brauchte, bis es die etwa 2.000 Meter lange Strecke zurückgelegt hatte und nach vielen Millionen Jahren Dunkelheit das Tageslicht erreichte.

Torrey beobachtet den Überwachungsmonitor, auf dem die wichtigsten Bohrdaten angezeigt wurden. »Mr. Mackenzie, wir haben einen Druckanstieg im Bohrloch. Das könnte ein erstes gutes Anzeichen sein«, sagte er und zeigte auf den weiter steigenden Druckwert.

»Ausgezeichnet, jetzt muss nur noch Öl da sein! Behalten sie das Spülungsgewicht im Auge, damit wir gut ausbalancierte Bohrungsverhältnisse haben«, entgegnete Mackenzie und ging zu Andrews, um mit ihm gemeinsam die aus dem Bohrloch aufsteigende Spülung in Augenschein zu nehmen.

Etwa 90 Minuten später war es dann so weit. In der Bohrspülung wurde das erste Erdöl festgestellt, nahm kontinuierlich zu und ein freudiges und zufriedenes Gefühl breitete sich bei den Männern aus.

Mackenzie betätigte eine Hupe. Wie üblich wurde auf diese Art und Weise das erfreuliche Ereignis sofort der gesamten Crew mitgeteilt.

»Nach unseren seismischen Untersuchungen und Berechnungen sollte die Gesteinsformation, in der sich das Öl befindet, eine Mächtigkeit von etwa 64 Metern haben, wovon wir bereits eine Teilstrecke erbohrt haben. Wenn die Öl führende Schicht durchteuft ist, wollen wir noch ein kleines Stück tiefer bohren, um die darunterliegende geologische Formation bewerten zu können. Wenn alles gut läuft, könnten wir bei dem gegenwärtigen guten Bohrfortschritt innerhalb der nächsten 24 Stunden die geplante Bohrungsendteufe erreichen. Für den Ausbau des Bohrgestänges brauchen wir noch einmal vier Stunden. Im Anschluss können wir dann die Stahlrohre zur Stabilisierung des Bohrlochs einbauen, sowie die Zementation zwischen dem Gebirge und den Rohren durchführen«, konstatierte Andrews.

»Das Timing für diese Arbeiten muss perfekt ablaufen, damit wir Ende des Monats die Förderrohrtour einbauen können«, sagte Mackenzie entschieden.

Während der folgenden Stunden wurden die Bohrung erfolgreich vertieft und bereits einige Tonnen Rohöl mit der Bohrspülung zutage befördert.

Andrews Euphorie über den Fund beflügelte seinen Arbeitstag, wenngleich er auch wusste, dass eine qualifizierte Aussage über die gefundenen Ölmengen erst nach einer Testförderung möglich war. Der weiterhin spürbare Druck, den Mackenzie auf seine Mannschaft ausübte konnte daran auch nichts ändern.

Gegen 22 Uhr betrat Mackenzie nochmals den Kommandostand und schaute auf die Instrumente, die den Bohrfortschritt anzeigten. Danach blickte er zu Andrews, Torrey und dem diensthabenden Supervisor.

»Die Öl führende Schicht haben wir erfolgreich durchteuft und Erkenntnisse über die darunter liegende Formation gewonnen. In zwei Stunden werden wir die Bohrarbeiten einstellen«, sagte Andrews.

»Gut! Wenn keine Besonderheiten oder Komplikationen auftreten, sollte der Bohrstrang morgen früh ausgebaut sein. Ich werde jetzt schlafen gehen«, sagte Mackenzie.

12. Kapitel

Grönland

Das russische Atom-U-Boot *Explorer S8* war zur Erprobung neuer Techniken und Untersuchung des Meeresbodens Ende April in Murmansk ausgelaufen und befand sich in den Morgenstunden des 26. Juli an der Ostküste Grönlands. Mit 39 Mann Besatzung tauchte das exakt 49 Meter lange Forschungs- und Spionage-U-Boot in einer Tiefe von 180 Metern von Island kommend im atlantischen Strom in Richtung Nordpolarmeer. Da die gesamte erforderliche Energie durch den Atomreaktor an Bord erzeugt wurde, konnte es wochenlang unter Wasser bleiben, ohne auftauchen zu müssen.

Kapitän Michail Kasparow hatte keine Kenntnisse über die Bohrinsel *Titan 1*, die sich seit etwa acht Wochen in dieser Region befand. Er wusste auch nicht, dass ein internationales Team von Meeresforschern bereits ein Jahr zuvor etwa ein Dutzend Messketten im Abstand von etwa zehn Kilometern zur wissenschaftlichen Erforschung der Meeresströmung hier im Ozean versenkt hatte. Die Geräte zur Messung von Temperatur, Salzgehalt sowie der Strömung wurden so platziert, dass der Bereich des Oberflächenwassers, der atlantische Strom und das Tiefenwasser erfasst werden konnten. Etwa sechs Messgeräte eines Strangs waren in vertikaler Anordnung untereinander mit einem Edelstahl- und Datenkabel verbunden und wurden mit einem Ankergewicht am Meeresboden gehalten. An den Messketten waren diverse Schwimm- und Auftriebskörper befestigt, sodass die mehrere Hundert Meter lange Einrichtung quasi senkrecht im Meer stand und der gesamte Bereich vom Meeresboden bis etwa 50 Meter unter der Wasseroberfläche messtechnisch erfasst werden konnte. Treibeis und arktische Stürme konnten so an der Wasseroberfläche vorüberziehen, ohne dass Schäden an den teuren Messeinrichtungen zu befürchten waren.

Mit kleiner Geschwindigkeit hielt das U-Boot direkten Kurs auf die Bohrinsel. Eine halbe Seemeile vor der Bohrinsel hörte die Besatzung der Explorer S8 zuerst schleifende, dann laut schlagende metallische Geräusche, die scheinbar an der Außenwand des Unterseebootes entstanden.

Der erste Offizier Alexander Asmus und Kapitän Kasparow sahen sich im Kommandoraum verwundert an. Die diensthabende Mannschaft starrte ebenfalls auf den Kapitän.

»So etwas habe ich noch nie gehört! Als ob jemand von außen mit einem Hammer auf die Stahlwandung haut. – Vielleicht ist ein verloren gegangenes Fischernetz, im dem sich harte Gegenstände verfangen haben, am U-Boot hängen geblieben?«, äußerte der erste Offizier seinen Verdacht.

»Welche harten Objekte sollten denn hier in 180 Meter Tiefe herumschwimmen und nicht auf den Meeresboden absinken?«, gab Kasparow kopfschüttelnd zu bedenken.

In dem Moment veränderte sich das Geräusch der Antriebschraube und auf dem Steuerungs- und Überwachungsmonitor ging eine rote Warnlampe an.

»Überlast an der Antriebsschraube!«, rief der Bordmaschinist.

»Maschine sofort stoppen!«

»Auftauchen!«, befahl der Kapitän. »Das müssen wir uns ansehen.«

»Zu Befehl! Was zeigt das Sonar, sind Hindernisse oder Eisberge an der Oberfläche?« fragte Asmus mit Blick auf Sergej Kudin.

Der junge Techniker an der Sonaranlage blickte auf seinen Monitor, konnte aber nichts Auffälliges entdecken. Massive Eisberge würde das im Bug des U-Boots installierte Sonar bereits in einer Entfernung von circa einer Seemeile erkennen, das wusste Kudin. »Alles okay! Im Sommer ist diese Region nahezu eisfrei«, sagte er schließlich.

»Ballasttanks zum Auftauchen anblasen und Maschine Stopp!«, rief Asmus nun.

Einen kurzen Augenblick später schoss das U-Boot im steilen Winkel nach oben.

Es war 5.13 Uhr, als der Bug des Atom-U-Boots in einer Wassertiefe von circa 20 Metern gegen einen der beiden Ballasttanks der Bohrinsel *Titan 1* stieß. Ein erschreckend laut vernehmbares Geräusch war zu hören. Zudem erschütterte ein heftiger Stoß das Unterseeboot und alles, was nicht an einem gesicherten Platz war, flog durch den Innenraum. Durch das riesige Loch in der Wandung strömten sofort große Mengen des eiskalten Seewassers ins U-Boot.

Der Kapitän fiel durch die Wucht des Aufpralls zu Boden, schlug mit Kopf gegen die harte Kante einer Bordarmatur und war auf der Stelle tot.

Das eindringende Wasser brachte das U-Boot in eine noch größere Schräglage. Innerhalb weniger Sekunden wurde der Besatzung die lebensbedrohliche Lage bewusst. Angst führte zu Panikreaktionen.

Benommen von dem unfassbaren und völlig unerwarteten Zusammenstoß, versuchte der leicht verletzte erste Offizier sich im allgemeinen Chaos zu orientieren. »Schotten dicht!«, schrie Asmus noch, kurz bevor das Wasser in den Kommandoraum eindrang. Der Wasserpegel stieg jedoch zu schnell. Es war zu spät. An mehreren elektronischen Geräten konnte er noch kleine Blitze sehen, bevor Kurzschlüsse das Bordsystem außer Betrieb setzten. »Herr im Himmel, steh uns bei!«, betete Asmus, bevor es dunkel wurde und er im überfluteten Innenraum ertrank.

Das 52 Tonnen schwere Atom-U-Boot rauschte mit zunehmender Geschwindigkeit in die Tiefe. Eine Minute später explodierte die Reaktorkammer, sprengte ein riesiges Loch in den hinteren Teil des U-Bootes und ein gewaltiger Unterwasseratompilz breitete sich aus. Mit dem Bug voran sank das U-Boot weiter ab und schlug auf dem am Meeresboden stehenden BOP auf.

13. Kapitel

Grönland, 26. Juli

Die Crew der *Titan 1* spürte einen hefigen Ruck, als das U-Boot die Bohrinsel rammte. Mackenzie sprang von seinem Bett hoch und schlüpfte in seine Sicherheitsschuhe. In dem Moment bemerkte er, dass die ganze Bohrinsel, wie bei einem sehr schweren Sturm, ins Wanken kam, leicht angehoben wurde und sich wieder senkte. Mit einem flauen Gefühl in der Magengegend lief er zur Kommandozentrale.

»Hat uns ein Eisberg gerammt, oder was ist passiert?«, schrie Mackenzie.

»Kein Eisberg, Mr. Mackenzie! Wir haben hier einen hefigen Stoß und ein metallisch klingendes Geräusch sowie etwas später eine Art Seebeben vernommen. Kurz nachdem der Bohrmeißel aus dem Bohrloch heraus war, ereignete sich diese Erschütterung. Auf dem Überwachungsmonitor wird ein Wassereinbruch angezeigt, und zwar in einem Segment der beiden Schwimmstege. Ich habe sofort zwei Techniker dorthin geschickt, um einen eventuellen Schaden zu untersuchen«, erwiderte der ebenfalls anwesende Bohringenieur Jayden Torrey.

Stevens stürmte in die Kommandozentrale. »Was zum Teufel war das?«

»Diese Frage sollten sie als Sicherheitschef beantworten«, meinte Mackenzie kühl.

Über Sprechfunk meldete sich der Techniker.

»Wie ist die Lage?«, fragte Mackenzie.

Die Anwesenden hörten über die Lautsprecheranlage in der Kommandozentrale gespannt zu.

»Ein Schwimmsteg ist beschädigt. Nach erster Einschätzung ist die Stabilität der Bohrinsel aber hierdurch nicht gefährdet. Der betroffene Raum wurde abgeschottet!«

Mackenzie und Stevens blickten sich gegenseitig fragend an.

»Da auf der Wasseroberfläche nichts zu sehen ist, kommt eigentlich nur noch eine Kollision mit einem U-Boot in Betracht. Wissen wir etwas über militärische Operationen in diesem Gebiet?«, erkundigte sich Mackenzie.

»Nein, hierüber liegen uns keine Mitteilungen vor!«

»Schickt sofort den ferngesteuerten Tauchroboter runter, um Aufnahmen vom beschädigten Schwimmtank zu machen«, ordnete Mackenzie an.

Stevens setzte sich an seinen Arbeitsplatz und legte los.

Die ersten Bilder, die der Tauchroboter vom beschädigten Schwimmsteg live in die Kommandozentrale übertrug, bestätigten nur wenige Minuten später eine mögliche Kollision mit einem Unterseeboot.

»Der deformierte und aufgerissene Bereich sieht nicht gut aus. Auch wenn die Stabilität nach Aussage der Techniker gegenwärtig gegeben ist, sollten wir diese Stelle so schnell wie möglich reparieren. Nur so kann die volle Einsatzfähigkeit der *Titan 1* gewährleistet werden«, meinte Stevens eindringlich.

»Natürlich! Zunächst müssen wir uns aber ein Gesamtbild von der Situation verschaffen. Lassen sie uns sicherheitshalber einen Blick auf den Grund des Meeres werfen«, sagte Mackenzie.

Stevens lenkte den Tauchroboter in Richtung Meeresboden. Ab einer Meerestiefe von 200 Metern wurde es stockdunkel, da das Sonnenlicht nicht in größere Tiefen vordringen kann. Neben einigen Licht aussendenden Lebewesen, die mit dieser

Biolumineszenz versuchen Beute anzulocken, war nur noch der Bereich zu sehen, der vom Lichtkegel der Lampen erleuchtet wurde. In den nächsten Minuten, in denen der Roboter zum Meeresboden in 640 Meter Tiefe glitt, waren nur Dunkelheit und hin und wieder einige Fische auf dem Monitor zu sehen.

Dann blickten Mackenzie und Stevens ungläubig auf den Bildschirm und konnten gar nicht glauben, dass die Aufnahmen, die sie sahen, die Realität auf dem Meeresboden zeigten: Der 200 Tonnen schwere BOP lag umgeknickt auf dem Meeresboden und direkt darauf ein riesiges U-Boot. Stevens lenkte den Tauchroboter zum Bug des U-Bootes und dessen schweren Beschädigungen wurden sichtbar.

»Glauben sie, dass es noch Überlebende im U-Boot gibt?«, fragte Stevens betroffen.

»Schwer vorstellbar. Wenn relevante Schotten nicht bereits geschlossen waren, dürfte bei den eingeströmten kalten Wassermassen wohl wenig Zeit geblieben sein, um notwendige Rettungsmaßnahmen einzuleiten. Letztendlich scheint eine Explosion zum finalen Exitus geführt zu haben«, erwiderte Mackenzie.

Der Lichtkegel erfasste nun die Aufschrift am U-Boot.

»*Explorer S8*, in russischen und darunter englischen Schriftzeichen«, las Mackenzie leise vor.

Der Tauchroboter fuhr langsam zum total zerfetzten Heck des U-Bootes.

»Die Beschädigungen im hinteren Teil können nicht von der Kollision stammen, eher von einer gewaltigen Explosion. Schauen sie mal, in den Antriebspropellern hat sich ein langes Seil oder Kabel verfangen und zum Teil aufgewickelt«, bemerke Stevens. »Neben der Tatsache, dass uns dieses Unterseeboot gerammt hat, könnte dieses Teil die eigentliche Ursache für das Unglück sein.«

Der Tauchroboter steuerte nun auf das Bohrloch zu. Der BOP und somit die letzte Rettung für einen automatischen Verschluss des Bohrlochs war schwer beschädigt. Erdöl konnte jetzt ungehindert ins Meer austreten.

»Nicht zu glauben! Ich hätte nie gedacht, dass so etwas möglich ist. Dieses Ereignis wird nach Veröffentlichung ein Unfall mit internationalem Bekanntheitsgrad«, sinnierte Mackenzie.

»Nur gut, dass die Beschädigungen an der *Titan 1* nicht so erheblich sind. Stellen Sie sich mal vor, unsere Bohrinsel wäre gesunken, läge auf dem offenen Bohrloch und das Erdöl würde unter hohem Druck unzugänglich am Meeresgrund ins Wasser gelangen. Ein Albtraum, an den man wohl besser nicht mal denken sollte«, brabbelte Stevens.

»Für solche Horrorgeschichten ist jetzt nicht der richtige Moment!«, sagte Mackenzie energisch.

»Wir müssen sofort einen Krisenstab einrichten. Außerdem werde ich umgehend Dr. White informieren. OCEAN ENERGY muss schnellstmöglich mit der dänischen Aufsichtsbehörde sprechen, damit wir mit den Russen in Kontakt treten können und unverzüglich kompetente Hilfe hierher beordert wird.«

***

Jack White war schlagartig hellwach, als Ian Mackenzie ihn um zwei Uhr nachts mit seinem Anruf im New Yorker Penthouse weckte und die unfassbare Nachricht übermittelte.

»Das ist unglaublich und könnte ein finanzielles Fiasko werden! Schicken sie uns so schnell wie möglich einen ausführlichen Bericht und die Aufnahmen des Tauchroboters zu, damit wir hier durch ein Expertenteam Maßnahmen erarbeiten und koordinieren können«, sagte White mit ungewohnt harter Stimme.

»Natürlich! Dr. White, in Kopenhagen ist es jetzt bereits acht Uhr morgens. Als verantwortliche Person des Bohrunternehmens werde ich gleich nach unserem Gespräch die dänische Aufsichtsbehörde über die Kollision informieren. Gibt es aus ihrer Sicht Sachverhalte, die bei dieser offiziellen Anzeige besonders erwähnt werden sollten? Für dieses Ereignis gibt es nämlich keine Festlegungen im Notfallplan«, erläuterte Mackenzie.

»Alle relevanten Informationen zum Unfall und die Zustandsbeschreibung der Bohrung sollten sie angemessen kommunizieren. Schicken sie uns den diesbezüglich geführten Schriftverkehr komplett in Kopie zu. Alle weiteren Operationen sollten allerdings mit uns abgestimmt werden. Keine Alleingänge«, sagte White resolut.

»Selbstverständlich!«, bestätigte Mackenzie.

»Vor wenigen Stunden noch die guten Nachrichten über den Ölfund und nun diese Katastrophe. – Mr. Mackenzie … ich werde umgehend alles Notwendige einleiten und mich in Kürze wieder melden«, ergänzte White und beendete das Gespräch.

14. Kapitel

Kopenhagen, 26. Juli

Victoria Bohr betrat frühmorgens ihr Büro. Da der aufdringliche Klang ihres Telefons bereits auf dem Flur zu hören war, ging sie schnellen Schrittes zum Apparat und nahm den Hörer ab.

»Ian Mackenzie!«

»Oh, guten Morgen!«, erwiderte Victoria Bohr.

»Für uns ist es bedauerlicherweise kein guter Morgen, denn es ist zu einem ernsthaften Zwischenfall gekommen, über den ich Sie hiermit offiziell unterrichten muss.«

Alle noch vorhandene Müdigkeit verschwand schlagartig und Victorias hörte aufmerksam zu.

»Vor etwa drei Stunden hat ein U-Boot, vermutlich russischer Herkunft, unsere Bohrinsel gerammt. Die Sicherheit der Plattform *Titan 1* ist nicht beeinträchtigt, da nur leichte Beschädigungen festgestellt wurden. Das Unterseeboot ist nach der Kollision jedoch gesunken und hat beim Aufschlag auf den BOP den Bohrlochverschluss umgerissen. Das Bohrloch ist nun offen und das U-Boot liegt direkt darüber.«

Das ist der GAU, dachte Victoria und wurde blass.

»Unser größtes Problem ist, dass das U-Boot in 640 Meter Tiefe auf dem Bohrloch liegt und wir gegenwärtig, mit den uns zur Verfügung stehenden Tauchrobotern noch keine Abdichtungsmaßnahmen vornehmen können. Die Bohrarbeiten wurden erst vor einigen Stunden erfolgreich beendet und der Bohrstrang ausgebaut. Durch den Ölfund kann jetzt jedoch eine schwer abschätzbare Menge an Erdöl aus dem Bohrloch austreten.

»Das ist ja furchtbar! Was können Sie mir über das U-Boot noch sagen?« fragte Victoria.

»*Explorer S8*, russisch. Länge etwa 40 bis 50 Meter. Aufgrund der visuellen Aufnahmen und der Beschädigungen im Bug- und Heckbereich glauben wir nicht, dass es noch Überlebende gibt. – Auf der Bohrplattform haben wir einige Zeit nach der Kollision eine Druckwelle vernommen, die höchstwahrscheinlich auf eine Explosion im hinteren Teil des U-Bootes zurückzuführen ist«, erwiderte Mackenzie. »Können Sie mit den russischen Regierungsstellen Kontakt aufnehmen, damit wir Rettungsmaßnahmen abstimmen können?«

»Ich werde in unserem Ministerium schnellstmöglich die notwendigen Schritte einleiten und mich anschließend wieder bei Ihnen melden. Schicken Sie mir umgehend alle Informationen und einen detaillierten Bericht zu!« »Selbstverständlich!«, beteuerte Mackenzie und beendete das Gespräch.

Victoria hielt einen Moment inne, bevor sie sich zu Ras Asmussens Büro aufmachte. Mit ernster Mine und einer beiläufigen Begrüßung schritt Victoria ins Sekretariat von Anna Jacobsen. Ohne den üblichen Small Talk spähte sie in das Büro von ihrem Chef. Mit einem leisen Klopfen an die halb geöffnete Tür bekam sie sofort die Aufmerksamkeit geschenkt, die sie sich erhoffte.

»Guten Morgen, Victoria, was gibt es denn so Dringendes? Komm doch herein!«, forderte Asmussen sie mit einer einladenden Armbewegung auf.

Victoria Bohr trat an den Schreibtisch heran und setzte sich auf den davor stehenden Stuhl.

»Ich habe soeben von Ian Mackenzie, dem Plattformmanager von TITAN DRILLING einen Anruf erhalten. Das bislang Unvorstellbare ist in der Arktis eingetreten.«

Nach diesen einleitenden Worten schildete Victoria das Geschehene.

»Das ist ein Ereignis mit weitreichenden Auswirkungen, das wir hier nicht allein koordinieren können. Ich schlage vor, eine Task-Force einzurichten, die sich aus Experten unserer Fachbereiche zusammensetzen sollte. Alle Informationen zum Vorfall sind selbstverständlich vertraulich zu behandeln und öffentliche Stellungnahmen sollten ausschließlich über unseren Pressesprecher erfolgen. Ich werde gleich mit unserem Minister über diesen Sachverhalt sprechen. Mit seiner Zustimmung können wir gegebenenfalls direkt mit dem Verteidigungsministerium Kontakt aufnehmen und um Unterstützung für ein entsprechendes Hilfegesuch bei den russischen Stellen bitten«, sagte Asmussen ruhig.

»Neben der Rettung, schlimmstenfalls Bergung der U-Boot-Besatzung, muss zum Verschließen des Bohrlochs zunächst der Zugang zum Bohrloch wieder hergestellt werden. Ich könnte recherchieren, welche Möglichkeiten hier infrage kommen und welche Firmen in der Lage sind, diese speziellen Leistungen auszuführen«, merkte Victoria an.

»Gute Idee! Machen Sie das und verständigen Sie alle Stellen, die gemäß Alarmierungsplan informiert werden müssen. In einer Stunde kommen Sie bitte wieder zu mir, um die nächsten Schritte abzustimmen.«

»Vermutlich werden wir auch Kontakt mit den Erdöl und Erdgas fördernden Firmen der Anrainerstaaten aufnehmen, um für diesen Notfall administrative oder operative Unterstützung anzufordern«, dachte Asmussen laut vor sich hin.

***

Victoria Bohr war leicht überrascht, als sie kurze Zeit später bei der ersten Task-Force-Besprechung neben Asmussen bereits Jan Petersen, den Pressesprecher des Ministeriums für Klima und Energie, und Maria Engelsdorf, als Expertin aus dem Umweltreferat, am runden Tisch im Konferenzraum sah. Asmussen erläuterte die bekannten Fakten des Unfalls und übergab dann das Wort an Victoria Bohr.

Victoria startete die Videoaufzeichnungen des Tauchroboters, die Mackenzie ihr zugesandt hatte. Fassungslos, erschüttert und nahezu wortlos blickten alle auf die Bilder, die ein beängstigendes Gefühl erzeugten.

Als das U-Boot zu sehen war, ließ Asmussen das Videobild einfrieren. »Überraschend schnell wurde uns vor wenigen Minuten in einer Nachricht der Russen bestätigt, dass es sich um ein russisches Atom-U-Boot handelt. In der offiziellen Mitteilung heißt es weiter, ich zitiere: *Es gibt keinen Kontakt mehr zur Mannschaft der Explorer S8. Bei einer Beschädigung des Reaktors könnte es zu einer unkontrollierbaren Kernreaktion kommen und in dem Fall sei eine radioaktive Verseuchung der Umgebung nicht auszuschließen.* Somit ist die Situation an der Ostküste Grönlands besorgniserregend. Victoria, frag Ian Mackenzie, ob Messgeräte auf der Bohrplattform vorhanden sind, mit denen sie umgehend radioaktive Messungen vornehmen können« sagte Asmussen.

»Wird gleich nach dem Meeting erledigt!«, versicherte Victoria.

»Die Tiefe, in der die *Explorer S8* liegt, wird aufgrund des Druckes als kritische Grenze für Rettungsmaßnahmen angesehen. Die russische Marine will aufgrund der Umstände auf jeden Fall ein Bergungs-U-Boot schicken, das aber erst in einigen Tagen an der Unglücksstelle sein kann. Es müssten noch einige Vorbereitungen getroffen werden und für die etwa 2.500 Kilometer lange Wegstrecke bräuchte man allein rund zwei Tage Fahrzeit«, beendete Asmussen seine Ausführungen.

»Gegenwärtig weiß die Öffentlichkeit noch nichts von dem Unfall. Um keine Panik auszulösen, sollten wir diese Informationen zunächst vertraulich behandeln, zumindest solange wir keine gesicherten Erkenntnisse haben«, meinte Petersen.

»Das sehe ich auch so!« Asmussen nickte.

»Schon sehr bald wird das austretende Öl an der Meeresoberfläche sichtbar werden. Aufgrund der bekannten Meeresströmungen versuche ich gegenwärtig abzuschätzen, wo das möglicherweise sein wird«, schaltete sich Maria Engelsdorf in die Diskussion ein. »Sollte sich eine radioaktive Verseuchung bestätigen, kann dies ein Unfall biblischen Ausmaßes werden.«

»Wir können nur hoffen, dass das Bohrloch sehr bald wieder unter Kontrolle ist. In spätestens drei Monaten beginnt dort das Meer wieder zuzufrieren und ich möchte mir nicht vorstellen, was unkontrolliert ausströmendes Erdöl unter einer dicken Eisschicht macht. – Mit welchen Methoden könnte es denn von dort entfernt werden? Selbst wenn chemische Stoffe oder Bakterien zur Beseitigung der Kohlenwasserstoffe eingesetzt werden sollten, dauern diese Umsetzungsprozesse im Eiswasser bedeutend länger als in wärmeren Gewässern. Der Schaden für das Ökosystem und die Tierwelt wäre unermesslich. Die Gegend wäre auf lange Zeit nachhaltig geschädigt«, sinnierte Asmussen.

Maria Engelsdorf befeuchtete mit der Zunge ihre Lippen und atmete tief durch.

»Herr Asmussen, Sie haben absolut recht. Die bakteriellen Zersetzungen von Roherdölen würden in der Arktis relativ langsam voranschreiten. Daher sollten wir auch nicht zulassen, dass die schon bald auf der Wasseroberfläche schwimmenden Ölteppiche durch giftige Chemikalien aufgelöst werden und diese dann als fein verteilte Ölpartikel in tiefere Wasserschichten absinken. Dort gefährden diese Dispersionsmittel unter Umständen das gesamte Ökosystem – Plankton, Fische, Robben … die gesamte Nahrungskette.«

Asmussen stellte sich einen arktischen Wintertag vor, blickte einen kurzen Moment mit seinem inneren Auge über eine große geschlossene Eisfläche, sah, wie sich das Öl darunter fortbewegte und dann über die gesamte arktische Region verteilte. Dann sagte er: »Soweit möglich, müssen sich bildende oder bereits vorhandene Ölteppiche zunächst durch Spezialschiffe abgesaugt werden. Wenn das nicht möglich ist, sollte ein eingegrenztes und kontrolliertes Abfackeln vor anderen Maßnahmen auf jeden Fall vorgezogen werden.«

»Könnten bei den weiten Entfernungen, teilweise rasch wechselnden Wetterveränderungen, Kälte und Stürmen längere Hilfsmaßnahmen unter Einsatz von Eisbrechern in der dunklen Jahreszeit überhaupt fortgeführt werden? Frau Bohr, gibt es schon eine Stellungnahme von den Verantwortlichen bei OCEAN ENERGY?«, wollte Petersen wissen.

»Bislang noch nicht, aber ich werde umgehend eine solche einfordern«, erwiderte Victoria.

»Ist auszuschließen, dass es sich um einen Anschlag handeln könnte?«, fragte Maria Engelsdorf unerwartet.

»Nun, auszuschließen ist gegenwärtig wohl nichts. Aber solche Gedanken sollten wir hier keinesfalls weiter verfolgen.

Wir müssen uns darauf konzentrieren, die Folgen einzudämmen. Ich hoffe, dass unsere Entscheidung mit der Erteilung der Bohrlizenz an OCEAN ENERGY, sich nicht als schwerwiegender Fehler herausstellen wird. Ab sofort werden wir jeden Morgen um neun Uhr und nach Bedarf hier zusammenkommen, um die weiteren Entwicklungen zu erörtern und Vorgehensweisen abzustimmen«, erklärte Asmussen.

Petersen nickte, stand auf und verabschiedete sich, um seinen nächsten Termin wahrnehmen zu können.

15. Kapitel

Kopenhagen

Clara Andersen kam gerade aus der Dusche und einige Wasser-tropfen liefen noch an ihrem durchtrainierten Körper herunter, als das Smartphone klingelte und sie nackt ins Wohnzimmer lief.

»Hallo?«, meldete sie sich.

»Hi, hier ist Jack!«

Ein Moment des Schweigens setzte ein. Zu verblüfft war Andersen über den unerwarteten Anruf.

»Bist du allein zu Hause, oder störe ich gerade?«, fragte Jack White weiter.

»Schön, deine Stimme zu hören! Ich habe gerade geduscht und dabei auch an unseren schönen Abend gedacht«, sagte Clara.

»Zufall, Schicksal oder eine göttliche Fügung? In Kopenhagen dürfte es jetzt bereits 22 Uhr sein. Etwas Zeit für eine kleine Gutenacht-Plauderei hast du hoffentlich«, meinte Jack.

Clara lächelte. »Wenn du mich jetzt sehen könntest, würdest du dir auch mehr wünschen!«

»Das klingt geheimnisvoll. Was hältst du von Skypen?«, wollte Jack wissen.

»Gerne, ich bin sowieso online!«

»Schick mir deine Daten«, sagte Jack.

Dass Jack White ihr mit der nachfolgenden Nachricht einen Trojaner zusenden wollte, verschwieg er natürlich.

Clara, noch halb nass, zog sich rasch eine schwarze Korsage und passend dazu einen schwarzen Riostring an, der halbseitig

81

mit glitzernden Strasssteinen besetzt war. Dann nahm sie ihren Laptop und ging zum Bett.

Einige Momente und Klicks später sahen sie sich im Videochat an.

»Wow, du siehst supersexy aus. Dein Outfit ist atemberaubend, die pure Verführung! Am liebsten wäre ich in diesem Moment bei dir«, flüsterte Jack.

»Ich habe dich schon vermisst und jetzt, wo ich dich sehen kann, bekomme ich Lust auf mehr« erwiderte Clara mit leicht bebender Stimme.

Jack knöpfte sein Hemd langsam auf, setzte sich in seinen Büro bequem auf den Ledersessel, sodass sein muskulöser Oberkörper und das definierte Sixpack von der Laptopkamera erfasst wurden. »Wie kann ich dich verführen?«, fragte White direkt.

Claras Herzschlag wurde schneller. »Ich fände es schön, wenn du mich jetzt küssen und berühren würdest.«

»Gleite mit der Hand über dein Dekolleté und deine Brüste bis zu deinen wunderschönen Beinen hinab und stell dir dabei vor, ich würde es sein«, sagte Jack einfühlsam.

Clara folgte den Anweisungen und seufzte.

»Was würdest du als Nächstes tun?«

»Dir dein Dessous langsam ausziehen und dich überall streicheln und leicht massieren.«

Clara zwinkerte, senkte die Stimme und hauchte: »So sollten wir unbedingt unser nächstes Treffen beginnen. Ich hoffe, dass dieser Tag nicht erst in einer kleinen Ewigkeit sein wird, sondern schon sehr bald kommt.« Anschließend griff sie zum Sektglas, das in Reichweite auf dem Beistelltisch stand, und proste Jack mit einem charmanten Lächeln zu.

Jack atmete durch. »Hat es sich gut angefühlt?«

»Brillant! Dein Bettgeflüster macht Lust auf mehr und wird meine Träume heute Nacht hoffentlich reichlich beflügeln.«

Jacks zweites Telefon klingelte und im Display war deutlich der Name *James Lesar* zu erkennen. Dass es im Moment nichts Wichtigeres gab, als der U-Boot-Unfall, stand außer Frage, daher musste er sofort rangehen.

»Clara, ich muss unser Gespräch jetzt leider beenden, werde es aber zu einem späteren Zeitpunkt wieder gutmachen. Bis zum nächsten Mal und Gute Nacht!«

»Tschau, Jack!«

Die Verbindung wurde getrennt.

***

Zwei Stunden später schickte Jack White eine E-Mail an Clara Andersen mit einer fantasievollen Geschichte und einem Link zu seinem gegenwärtigen Lieblingssong *Diamonds* von Rihanna. *Das wird ihr gefallen*, dachte Jack. Dass mit diesem Link im Hintergrund sein Ausspähprogramm aktiviert wurde, konnte Clara nicht ahnen.

16. Kapitel

Grönland, 26. Juli

Mackenzie hatte sich seinen 50. Geburtstag noch am Vortag mit einer kleinen Feier vorgestellt. Zur Mittagszeit saß er jedoch schlecht gelaunt mit dem Sicherheitschef Stevens und Bohringenieur Torrey im Besprechungszimmer am Konferenztisch, um Pläne und Varianten für den Verschluss des Bohrlochs zu erörtern.

Stevens schenkte sich ein Glas Wasser ein. »Wir sollten sofort mit den Spezialisten Kontakt aufnehmen und nicht auf OCEAN ENERGY warten.«

Mackenzie winkte mit einer Handbewegung ab. »Unser Auftraggeber und die Teilhaber von TITAN DRILLING wollen unabgestimmt nichts unternehmen und zunächst muss sowieso erst die Kostenübernahme für die erforderlichen Maßnahmen geklärt werden.«

Das Telefon klingelte und Victoria Bohr unterrichtet ihn, dass es Neuigkeiten aus Russland gäbe. Noch bevor sie weiter sprechen konnte, unterbrach Mackenzie und erklärte zunächst, wer noch im Raum war. Danach stellte er das Telefon auf Lautsprecher um, damit Stevens und Torrey mithören und sich am Gespräch beteiligen konnten.

»Die Russen haben uns bestätigt, dass die *Explorer S8* ein russisches Atom-U-Boot ist«, begann Bohr. »Ein Bergungs-U-Boot wird in Kürze in Murmansk auslaufen und voraussichtlich in zwei Tagen bei Ihnen sein, um einen Rettungsversuch zu unternehmen.«

Torrey warf Mackenzie einen bohrenden Blick zu. »Geht von dem gesunkenen Atom-U-Boot eine Gefahr aus?«

»Wenn der Reaktor beschädigt ist, könnte es zu einer unkontrollierbaren Kernreaktion kommen. Haben sie Messgeräte vor Ort, um die Radioaktivität zu messen?«, fragte Bohr.

»Was passiert, wenn ein Reaktor im Atom-U-Boot hochgeht?«, wollte Torrey erst wissen.

»Eine Explosion des Reaktors würde das Meerwasser und alle in unmittelbarer Nähe befindlichen Lebewesen radioaktiv verseuchen. Um eine Strahlenkrankheit zu vermeiden, müsste jeder Kontakt mit hochtoxischem Wasser unterbleiben«, erwiderte Bohr.

»Etwa eine Minute nachdem uns das U-Boot gerammt hat, haben wir eine Art Seebeben wahrgenommen. Eine Explosion des Reaktors ist somit nicht nur nicht auszuschließen, sondern wahrscheinlich schon eingetreten. Frau Bohr, mit welchen Gefahren müssen wir für unsere Gesundheit rechnen?«

»Ich bin keine Expertin für derartige Ereignisse und Fragestellungen, aber es kommt sicherlich auf die Strahlendosis an, der man gegebenenfalls ausgesetzt wird. Das Atom-U-Boot liegt über 600 Meter tief und wenn ich mich recht an mein Gelerntes erinnere, wird der Grad der Radioaktivität durch die Meeresströmung verteilt. Durch diesen Verdünnungseffekt sinkt das Gefährdungspotenzial ab. – Meiden sie jeden Kontakt mit dem Meerwasser, essen sie keine dort nach der Kollision eventuell geangelten Fische und wenn vorhanden, nehmen sie prophylaktisch Jodtabletten ein. Anzeichen für eine Strahlenkrankheit können beispielsweise leichte Übelkeit, Kopfschmerzen, Erbrechen, Appetitlosigkeit, Müdigkeit sein. – Auf der

Bohrplattform sind sie nach meiner Einschätzung aber vermutlich verhältnismäßig sicher«, sagte Victoria Bohr beruhigend.

»Woher haben Sie Ihre profunden Kenntnisse?«, erkundigte sich Stevens.

Victoria antwortet etwas zögerlich: »Einiges habe ich von meinem Vater Niels gelernt und bin ihm dafür sehr dankbar.«

»Der Atomforscher und Nobelpreisträger Niels Bohr ist ihr Vater?«, fragte Mackenzie.

»Nun, ich denke das ist jetzt nicht von Bedeutung!«, erwiderte Victoria ein wenig verlegen.

Mackenzie wandte sich mit einem fragenden Blick an Stevens und Torrey. »Haben wir nicht einen Detektor, mit dem wir von dem erbohrten Gestein die natürliche Radioaktivität in der zutage tretenden Spülung messen können?«

»Natürlich! Ich werde gleich prüfen, ob wir damit etwas feststellen können«, erläuterte Torrey, während ihm eine Schweißperle die Wange hinunter lief.

»Details zum Einsatz des Rettungs-U-Bootes werde ich per E-Mail übermittelt. Falls Sie Radioaktivität in Ihrem Umfeld messen, schicken Sie mir bitte die Ergebnisse zu!«, ergänzte Bohr ihre Ausführungen.

»Geht klar!«, sagte Stevens knapp.

»Wenn das U-Boot beiseite geräumt ist, sollten umgehend die Maßnahmen zum Verschließen des Bohrlochs erfolgen. Was machen die diesbezüglichen Planungen? Sind Ihre beziehungsweise die Vorbereitungen von OCEAN ENERGY angelaufen?« fragte Victoria Bohr.

»Die Maßnahmen werden gerade ausgearbeitet und eingeleitet!«, formulierte Mackenzie ausweichend.

»Okay, halten sie mich über die weiteren Schritte auf dem Laufenden.« Victoria Bohr beendete das Gespräch.

»Ich gehe ins Labor und sehe nach dem Messgerät«, sagte Torrey und verließ den Raum.

Mackenzie nickte leicht und sah ihm schweigend hinterher.

***

Unmittelbar nach dem Gespräch mit Mackenzie tippte Victoria Bohr die Ziffern von Jack Whites Anschluss in den Nummernblock ihres Telefons und konnte sogleich seine markante Stimme vernehmen. Die Gesprächsatmosphäre war nach dem Austausch einiger Höflichkeitsfloskeln sofort sehr formell. Bohr informierte White zunächst sehr sachlich über die vorliegenden Informationen der russischen Marine und den geplanten Einsatz eines Rettungs-U-Bootes.

»Wir hoffen, dass keine radioaktive Verseuchung eingetreten ist und dass es dem russischem Rettungsteam gelingt, die *Explorer S8* von der Bohrung zu entfernen. Vorsorglich werden wir mit der amerikanischen Marine Kontakt aufnehmen und die Situation bilateral erörtern«, sagte White.

»Jede Hilfe oder konstruktive Beiträge von fachlich versierter Seite sind durchaus willkommen. Wir müssen jedoch so schnell wie möglich in Erfahrung bringen, ob eine nukleare Belastung vorliegt. Im positiven Fall muss eine Gefährdungsanalyse für die weiteren Maßnahmen vorgenommen werden.«

»Frau Bohr, führen die Russen Ihre Rettungsaktion in jedem Fall durch, oder haben sie ihren Einsatz von irgendwelchen Bedingungen abhängig gemacht?«, wollte White wissen.

»Sie kommen und tun, was getan werden muss. Über die Folgen wurde nicht gesprochen!«

»Wie sehen Ihre Pläne nach der Entfernung des gesunkenen Atom-U-Bootes aus dem bohrlochsnahen Bereich aus?«, erkundigte sich Victoria Bohr.

»Zunächst werden wir die beschädigte Verrohrung mit dem BOP absägen und einen neuen Bodenflansch anbringen. Anschließend kann ein neuer Bohrlochabschluss mit den Sicherheitseinrichtungen aufgesetzt und die Bohrung geschlossen werden. Parallel dazu wird, soweit möglich, über der leckgeschlagene Bohrung eine Auffangglocke schwebend platziert, mit der das Wasser-Öl-Gasgemisch abgesaugt und getrennt werden kann. Das Erdgas wird dann über eine Leitung zur Bohrinsel geleitet und über die vorhandene Einrichtung abgefackelt. Die Flüssigkeiten werden mittels Pumpen durch eine zweite Leitung ebenfalls an die Oberfläche zu bereitstehenden Öltankern befördert. Damit sich die mit Auftriebskörpern versehene Auffangkuppel örtlich nicht verändert, zum Beispiel durch Meeresströmungen, wird diese durch verschiedene Anker am Meeresboden befestigt. Wie sie wissen, werden verschiedene Rettungsmittel in der Nähe der Bohrplattform vorgehalten und sind somit relativ schnell verfügbar. Im Falle eines Misserfolges würden wir in einem nächsten Schritt eine Entlastungsbohrung abteufen. Die Planungen hierzu sind ebenfalls bereits angelaufen«, erklärte White.

»Schicken Sie mir Ihr geplantes Vorgehen umgehend schriftlich zu«, verlangte Bohr.

»Erhalten Sie via E-Mail in den nächsten Stunden«, beteuerte White.

»Generell möchte ich ab sofort über alle geplanten operativen Schritte und im Besonderen über nukleare Belastungen umgehend informiert werden. Sie können mich jederzeit telefonisch oder per E-Mail für weitere Abstimmungen erreichen. – Ich will hier aber auch ganz deutlich betonen, dass die Fortführung der Explorationstätigkeiten in den arktischen Gewässern vorübergehend ausgesetzt wird«, sagte Victoria Bohr abschließend.

17. Kapitel

Kopenhagen, 26. Juli

Im Besprechungszimmer des Polizeipräsidiums schloss Per Hammond den Laptop von Ole Seeberg an den Beamer und startete beide Maschinen. Nyrup sah entspannt auf das Geschehen, während Andersen mit leichter Unruhe auf ihrem Stuhl verschiedene Sitzpositionen ausprobierte.

»Wir haben doch etwas mehr Zeit benötigt, die E-Mails und Daten auszuwerten, aber dabei sind einige interessante Informationen zutage getreten«, begann Hammond.

»Entschuldigung, Sie sagten bei unserer ersten Begegnung, dass die Schadsoftware bereits vor einem Jahr auf dem Computer von Ole Seeberg installiert wurde. Wie wurde der Trojaner in den Rechner eingeschleust und welche Dateien konnten damit ausspioniert werden?«, unterbrach Andersen.

»Nun, hier wurden gleich zwei Schwachstellen in *Microsoft Word* und *Excel* ausgenutzt. Speziell präparierte Dokumente wurden per E-Mail an Ole Seeberg versandt. Die Schädlinge wurden durch das Öffnen der Dokumente aktiv und so konnte der Trojaner installiert werden. Dateien mit den Endungen *doc, xls, pdf* und noch einige andere konnten auf diesem Wege gestohlen werden. – Es gibt weiterhin auch Schadsoftware, die sich nach dem Anklicken sogar dann ausführt, wenn auf der Benutzeroberfläche nichts zu sehen ist. Auch ein unverdächtig erscheinender Link kann eine Verbindung zu einem Server mit Schadsoftware öffnen, die umgehend den Rechner eines Nutzers infiziert. Solche Links können selbst bei Freunden auf Facebook oder anderen sozialen Plattformen vorhanden sein.«

Sofort fiel Clara die E-Mail von Jack White ein. Sie zuckte innerlich zusammen.

»Die IT-Sicherheitsspezialisten haben zwischenzeitlich herausgefunden, dass es zum betreffenden Zeitpunkt bereits Sicherheitsupdates gab, die scheinbar nicht rechtzeitig installiert wurden.«

Hammond öffnete, während er redete, mit einem Klick auf den Laptop als Erstes eine E-Mail von Jack White, OCEAN ENERGY, an Ole Seeberg. Als Eingangs- beziehungsweise Zustellungsdatum war der 18. Januar 2013 vermerkt. Alle blickten konzentriert auf die Leinwand. Hammond zeigte mit dem Laserpointer auf die Mitte des Textes und las die seiner Meinung nach interessanteste Passage vor: »… nachdem der vereinbarte Geldbetrag Ihnen nunmehr zugegangen ist, erwarten wir eine baldige Genehmigung der beiden Explorationsbohrungen …«

»Unglaublich! Das wirft jetzt aber ein ganz neues Licht auf die Geschichte«, entfuhr es Nyrup. »Hat Seeberg sich von OCEAN ENERGY kaufen lassen? Ich dachte, der Mann sei so integer gewesen?«

»Das ist wirklich eine kleine Überraschung!«, sagte Andersen.

»Hatten die Seebergs finanzielle Probleme?«, wollte Hammond wissen.

»Das müssen wir uns dann wohl noch einmal genauer anschauen«, gab Nyrup offen zu.

Andersen blickte Hammond erwartungsvoll an. »Ist die Höhe des Geldbetrages bekannt?«

»Nein, leider konnten wir weder Informationen über die Höhe noch die Verwendung etwas in Erfahrung bringen«, musste Hammond zugeben. »Dennoch, Seeberg muss unter einem ungeheuren Druck gestanden haben, dass er einem möglichen Deal mit OCEAN ENERGY zugestimmt hat. Im vorigen Jahr zur Weihnachtszeit hat er in einer anderen E-Mail gegenüber einem Freund von Sorgen um seine Frau gesprochen. Ich zitiere: *Sarah ist mittlerweile gesundheitlich angeschlagen und verliert zunehmend die Hoffnung, dass ihr noch rechtzeitig geholfen werden kann. Trotz aller Liebe fällt es mir schwer, mit den depressiven Phasen meiner Frau umzugehen.* Ich könnte mir vorstellen, dass er seiner Frau nichts von einem finanziellen Arrangement erzählt hat, um sie nicht weiter zu beunruhigen. Meine soeben geäußerte Vermutung und der Grund für die Gesundheitsprobleme von Sarah Seeberg sollten durch ein weiteres Gespräch mit ihr überprüft werden«, sagte Hammond.

»Natürlich, so schnell wie möglich«, pflichtete Nyrup bei.

»Hat die Beerdigung von Ole Seeberg schon stattgefunden?«

»In der Zeitungsannonce stand, dass die Beisetzung vorgestern im engsten Familienkreis erfolgen sollte«, teilte Andersen mit.

Hammond lehnte sich zurück und blickte von einem zum anderen. »Aufgrund dieser jüngsten Erkenntnisse habe ich unseren Anfangsverdacht bereits mit dem FBI erörtert. So wie es jetzt aussieht, reichen diese Informationen, um Ermittlungen gegen OCEAN ENERGY formell aufzunehmen«, erzählte Hammond ruhig.

Clara Andersen biss sich auf die Unterlippe und wurde ganz still.

»Sehr viel haben wir noch nicht, aber die bisherigen Indizien lassen doch zumindest erste Schlussfolgerungen zu«, sagte Nyrup mit nachdenklicher Mine.

»Ole Seeberg ist für eine Geldzahlung möglicherweise einen Deal mit Dr. White eingegangen und hat diese Mittel vermutlich für private Zwecke verwendet. Die Kontobewegungen der Seebergs müssen daher auf ungewöhnliche Vorgänge überprüft werden, genauso wie die Nachfrage im Klima- und Energieministerium, ob nicht in diesem Zeitraum eine offizielle Zahlung von OCEAN ENERGY eingegangen ist. – Der private Computer im Hause der Seebergs könnte ferner entscheidende Information enthalten, die uns im Ermittlungsverfahren voranbringen.«

Hammond hob leicht den Zeigefinger und meinte: »Auszuschließen ist natürlich nicht, dass auch dieser private Computer gehackt wurde!«

»Könnte Dr. White möglicherweise ein Motiv gehabt haben, Ole Seeberg und Anna Lundbye umzubringen? Und wenn ja, welches? OCEAN ENERGY hat doch die Lizenzen für zwei Explorationsbohrungen erhalten. Vielleicht gibt es im Zusammenhang mit den beiden Genehmigungen wichtige Details oder Vereinbarungen, von denen wir bisher nichts wissen. – Ich werde diesbezüglich noch einmal mit Victoria Bohr sprechen«, sagte Nyrup.

Per Hammond blickte kurz zu Clara Andersen. »Angenommen, Dr. White hat mit den zwei Morden etwas zu tun, dann müsste er jemanden haben, der seine Pläne ausführte. Clara, du hast ja bestätigt, dass er ein Alibi für den Todeszeitpunkt von Ole Seeberg hat.«

Mit einem schwachen »Ja.« und kurzem Nicken bestätigte Clara das.

»Dr. White hat wahrscheinlich international Kontakte zu vielen Leuten, sein Lebensmittelpunkt ist jedoch New York.

Kriminelle gibt es in dieser Weltmetropole genug und so könnte er auch dort jemanden beauftragt haben, seine Pläne umzusetzen. Wir sollten generell feststellen, welche in den USA lebenden Personen in der infrage kommenden Zeit in Dänemark waren. Die Zeitspanne, beginnend eine Woche vor dem Tod von Ole Seeberg bis eine Woche nach dem Mord an Anna Lundbye, ist hierbei für die Ein- beziehungsweise Ausreise nach Kopenhagen zu prüfen. Für den gleichen Zeitraum sollte gecheckt werden, wer sich hier in Hotels oder sonstigen frei mietbaren Unterkünften aufgehalten hat. Außerdem sollte festgestellt werden, ob diese Personen ein Auto gemietet haben oder Pkw-Diebstähle gemeldet wurden.«

»Das können Hunderte von Personen sein, die wir gegebenenfalls überprüfen müssen, und eine Vielzahl von Telefongesprächen«, wandte Clara sofort ein.

»Schon möglich, aber es könnte eine Spur zum Mörder sein!«, bemerkte Hammond.

Nyrup ergriff die Initiative: »Clara, die Ermittlungen in New York waren sicherlich spannender, aber diese fundamentale Arbeit gehört nun einmal zu unserem Job. Du bist in diesen Dingen ausgesprochen schnell und gut, daher solltest du diesen Teil übernehmen. Ich werde noch einmal Frau Seeberg und Victoria Bohr im Ministerium einen Besuch abstatten.«

Clara fühlte sich angesichts der Verdächtigungen gegen Jack White unwohl und seufze. »Okay!«

18. Kapitel

Kopenhagen, 29. Juli

Am Montagvormittag um neun Uhr wählte Nyrup die Telefonnummer von Victoria Bohr und war durch eine aktivierte Rufumleitung kurz darauf mit der Assistentin von Ras Asmussen verbunden.

»Anna Jacobsen!«

»Guten Morgen, hier spricht Kommissar Nyrup. Ist Frau Bohr zu sprechen?«

»Hallo, Herr Kommissar! Bedauerlicherweise ist Frau Bohr gerade in einer Besprechung. Kann ich ihr etwas ausrichten?«

»Ich müsste heute Vormittag in einer dringenden Angelegenheit noch einmal vorbeikommen und mit ihr sprechen. Haben sie Einsicht in Frau Bohrs Terminkalender?«

»Ja«, antwortet Anna Jacobsen kurz.

»Könnten Sie bitte nachschauen, ob elf Uhr okay wäre?«

»Einen Augenblick bitte. – Herr Nyrup, das sollte kein Problem sein! Ich habe sie vorgemerkt und werde Frau Bohr Ihren Besuch gleich ausrichten!«

»Vielen Dank, dann bis später!«, sagte Nyrup und beendete das Gespräch.

***

Pünktlich zum vereinbarten Zeitpunkt kam Nyrup im Klima- und Energieministerium an.

»Wie kommen Sie mit den Ermittlungen voran?«, erkundigte sich Bohr mit einem charmanten Lächeln.

»Es gibt noch einige Fragen und ich hoffe, dass sie ein wenig Licht ins Dunkel bringen können. Zunächst interessiert uns die Explorationslizenz, die OCEAN ENERGY erhalten hat. Sie hatten bei unserer ersten Begegnung erzählt, dass in diesem Jahr zwei Bohrungen in der Arktis abgeteuft werden könnten. Gibt es Bedingungen oder Nebenbestimmungen, die mit der Zuteilung verbunden sind?«, wollte Nyrup wissen.

»Ja, die gibt es tatsächlich! Die Erlaubnis wurde zunächst für die erste Bohrung erteilt, mit der Option, dass nach Fertigstellung der ersten Explorationsbohrung, soweit bei Einhaltung aller Sicherheitsvorschriften und Vereinbarungen zu erwarten ist, dass die Arbeiten für eine Folgebohrung noch im geforderten zeitlichen Rahmen durchgeführt werden können, auch die zweite Bohrung genehmigt wird.«

»Was meinen sie genau mit *zeitlichen Rahmen* und welche besonderen Sicherheitsvorkehrungen wurden gefordert?«

»Nun, die Genehmigung für die Bohrarbeiten bezieht sich aus Sicherheitsgründen auf die Sommermonate Juni bis September, in der die Sonne in diesen Breitengraden nicht untergeht. Nur in dieser Zeit ist der Ozean dort nicht zugefroren beziehungsweise soweit offen, dass die Arbeiten nicht durch gefährlichen Eisgang behindert werden.«

»Klingt logisch.«

»Zudem muss OCEAN ENERGY während der gesamten Bohrzeit via Satelliten und drei vor Ort befindlichen Eisbrechern ein festgelegtes Gebiet überwachen. Sollten Packeis oder Eisberge der Bohrinsel zu nah kommen, so müssen diese Objekte von den Eisbrechern aus der Gefahrenzone geschleppt beziehungsweise, wenn das nicht möglich ist, in kleine, ungefährliche Teilstücke zersprengt werden.« Victoria machte eine kurze Pause und dachte nach. »Vereinbart wurde beispielsweise auch, dass bei einem Notfall und entsprechendem Bedarf sofort eine zweite Bohrinsel in diese Region verlegt werden kann.«

»Bei diesen Vorkehrungen kann dann wohl kaum noch etwas passieren.«

Victoria Bohr blickte Nyrup fest in die Augen. »Herr Nyrup, was ich Ihnen jetzt sage ist vertraulich und ich bitte Sie, momentan noch nichts an die Öffentlichkeit dringen zu lassen. Habe ich ihr Wort?«

Nyrup nickte wortlos.

»Vor Kurzem hat ein U-Boot die schwimmende Bohrinsel gerammt. Das U-Boot ist daraufhin gesunken. Wir stufen diesen Vorgang als schweren Unfall ein, da auch der Bohrlochverschluss auf dem Meeresboden beschädigt wurde. Wir hoffen, dass OCEAN ENERGY die Bohrung schnell wieder unter Kontrolle bekommt und die technische Integrität mit allen Sicherheitseinrichtungen wieder herstellt.« Victoria sprach langsam und überaus deutlich weiter: »Eine zweite Bohrung werden wir in diesem Jahr dort auf keinen Fall mehr erlauben.«

»Wie schlimm ist es? Gibt es Tote und tritt Öl aus der Bohrung aus?«

»Vermutlich ist beides zutreffend.«

»Verstehe. Frau Bohr, ich habe noch ein weiteres Anliegen. Könnten Sie bitte prüfen, ob Ihre Behörde bis zum 18. Januar dieses Jahr Zahlungseingänge von OCEAN ENERGY erhalten hat? Wenn dies zutreffend ist, hätte ich gerne eine Aufstellung über die Höhe und den Verwendungszweck.«

Victoria Bohr schaute etwas irritiert. »Ist das für Ihre Ermittlungen von Bedeutung?«

»Wir gehen einer Spur nach, die uns möglicherweise zum Mörder von Ole Seeberg führen könnte.«

»Sind sie sicher, dass es Mord war?«

Nyrup ballte die Fäuste – das Wort *Mörder* war wohl doch etwas zu schnell über seine Lippen gekommen. »Gewisse Indizien sprechen dafür«, sagte er, seine Aussage etwas abschwächend.

»Diese Recherche sollte nicht so schwierig sein. Ich werde Ihnen diese Information so schnell wie möglich zukommen lassen, vermutlich wird das aber erst morgen sein.«

»Ausgezeichnet! Frau Bohr, ich möchte Sie bezüglich unserer Ermittlungen bitten, keinerlei Andeutungen gegenüber OCEAN ENERGY zu äußern.«

»Das versteht sich von selbst, Herr Kommissar!«

»Eine abschließende Frage habe ich noch: Hat Ole Seeberg mit Ihnen jemals über private finanzielle Probleme gesprochen oder Andeutungen darüber gemacht?«

Victoria fühlte ein leichtes Unbehagen aufsteigen, fuhr sich mit der rechten Hand am Hals entlang und blickte einen kurzen Moment starr aus dem Fenster. »Nein, über sein Privatleben hat Ole nicht viel gesprochen.«

Ihre Gestik widerspricht dem Gesagten, dachte Nyrup. »Frau Bohr, vielen Dank erstmal. Falls Ihnen noch etwas dazu einfällt, rufen Sie mich bitte jederzeit an.«

**

Nachdem Nyrup das Gebäude verlassen hatte, spürte er die wärmenden Sonnenstrahlen im Gesicht sowie eine angenehme frische Brise. Bei der anschließenden Autofahrt durch Kopenhagen stellte er sich die entsetzliche und ausweglose Situation vor, in einem U-Boot zu ertrinken. Da aber selbst die Vorstellung an ein solches Schicksal nur schwer zu ertragen war, blieben die Gedanken nicht lange präsent.

Nyrups polizeilich geschulter Verstand ging auf die Suche nach einem möglichen Motiv, das dazu geführt haben könnte, Seeberg und Lundbye zu ermorden: *Was verbindet die beiden? Anna Lundbye war aufgrund der großen Gefahren für die Umwelt gegen Ölbohrungen. Ole Seeberg hat hingegen mitgewirkt sie zuzulassen. Es muss schwerwiegende Gründe geben, die Seeberg bewogen haben ein geheimes Bündnis mit Greenpeace einzugehen. Seeberg hatte Lundbye etwas von Ausweitungen der Explorationstätigkeiten in der Arktis und einem Höchstmaß an Sicherheit erzählt. Vielleicht sah Seeberg die Sicherheit in Gefahr und wollte auf diese Weise eine Notbremse ziehen. – In diesem Puzzle könnte dann auch der verschwundene Supervisor eine Rolle gespielt haben, aber welche?*

Am Haus der Seebergs angekommen stieg Nyrup aus dem Wagen und glättete sein silbergraues Sakko.

Nach zweimaligen Klingeln öffnete Sarah Seeberg die Tür.

»Entschuldigen Sie die Störung, Frau Seeberg. Ich hoffe, dass Sie ein wenig Zeit und genügend Kraft haben, mir noch einige Fragen zu beantworten.«

»Kommen Sie bitte herein! Ich bereite gerade das Mittagessen für meine Kinder vor, die in einer halben Stunde aus der Schule kommen. – So schwer es auch ist, unser Leben muss nun ohne Ole weiter gehen. Also, wie kann ich Ihnen helfen?«

»Mich beziehungsweise uns beschäftigt die Frage, ob Ihr Mann oder Ihre Familie in den letzten Monaten Drohungen erhalten hat.«

»Nein, davon weiß ich nichts! Und falls Ole welche erhalten haben sollte, so hat er mir nichts davon erzählt.«

»Schließt das auch alle privat erhaltenen E-Mails ein?«, hakte Nyrup nach.

»Da bin ich mir nicht sicher. Wir hatten in unserem Haus drei Computer. Unser Sohn hatte einen fest installierten PC bei sich im Zimmer, Ole und ich jeweils einen Laptop …«

»Wieso hatten?«, unterbrach Nyrup.

»Naja, einen Tag nach Oles Tod wurde bei uns eingebrochen und alle drei Computer sowie einige andere Wertgegenstände gestohlen. Ihre Kollegen waren hier und haben den Vorgang aufgenommen. Wir hoffen nun, dass die Versicherung den Schaden übernimmt!«

So eine Schlamperei, wieso hat man uns den Bericht nicht vorgelegt?, dachte Nyrup.

»Von den Nachbarn habe ich erfahren, dass in letzter Zeit hier auch in andere Häuser eingebrochen wurde. Den Diebstahl habe ich daher nicht mit dem Tod meines Mannes in Verbindung gebracht.«

»Das heißt, Sie schließen nicht aus, dass bedrohliche Nachrichten auf dem privaten Laptop Ihres Mannes gewesen sein könnten?«

»Ja, so könnte man es ausdrücken«, antwortete Sarah Seeberg.

Nyrup räusperte sich. »Am Tag des Unfalls hatte Ihr Mann vormittags noch mit seiner Kollegin, Frau Bohr telefoniert. Sein dienstlich genutztes Mobiltelefon haben wir wenig später jedoch nicht am Unfallort auffinden können. Wissen Sie vielleicht, wo das Telefon sein könnte, und hat Ihr Mann zudem noch ein privates Handy besessen?«

»Beide Fragen muss ich verneinen. Ole durfte mit seinem Diensthandy auch private Anrufe tätigen.«

»Frau Seeberg, eine weitere sehr persönliche Frage muss ich Ihnen leider noch stellen. – Wir haben erfahren, dass Sie vor etwa zehn Wochen eine Operation hatten, ist das richtig?«

»Ja, das stimmt. Wer hat Ihnen das erzählt?«

»Für unsere Ermittlungen wäre es hilfreich zu erfahren, was der Grund für die OP war.«

»Ich verstehe zwar nicht, was dieser Eingriff mit dem Unfall meines Mannes zu tun haben soll, aber ein Geheimnis ist meine Organtransplantation nicht.«

»Wurden Sie hier in Kopenhagen operiert?«

»Nein, im Ausland«, antwortete Sarah Seeberg.

»Ist so eine Transplantation teuer?«, wollte Nyrup wissen.

»Für Flüge, Krankenhausaufenthalt, Medikamente und Übernachtungskosten waren schon erhebliche finanzielle Aufwendungen erforderlich. Gott sei Dank mussten wir zur Finanzierung der Lebertransplantation nicht unser Traumhaus verkaufen, was für uns ein weiterer schwer Schicksalsschlag gewesen wäre. Ole hat sich um den Kredit und alles gekümmert, insbesondere in der Zeit, als es mir als Dialysepatient gesundheitlich immer schlechter ging und meine Leistungsfähigkeit deutlich abnahm. Ohne meinen Mann hätte ich wahrscheinlich nicht mehr lange zu leben gehabt.« Sarah Seeberg schluckte.

»Wenn man auf so ein Spenderorgan wartet, kann das schnell zu einer kleinen Ewigkeit werden, oder?«, sagte Nyrup mitfühlend.

»Oder zu spät sein«, flüsterte Sarah Seeberg.

Bevor die Stille greifbar wurde, klingelte es an der Haustür.

»Das werden meine Kinder sein. Sind wir fertig?«

»Selbstverständlich. Vielen Dank für Ihre Offenheit und alles Gute«, sagte Nyrup zum Abschied.

19. Kapitel

Grönland, 30. Juli

Vier Tage waren seit der Kollision der *Explorer S8* mit der Offshorebohrplattform *Titan 1* vergangen. Mackenzie stand mit Sicherheitschef Stevens in der Kommandozentrale, als sich das sowjetische Bergungs-U-Boot *Rescue 18*, kurz *R-18*, der schwimmenden Bohrinsel näherte.

»Da muss jemand ordentlich Druck gemacht haben, sonst wäre das russische U-Boot nicht so schnell hier aufgetaucht«, sagte Stevens.

»So sehe ich das auch. Anscheinend ist den Russen klar, dass es hier nicht nur um die Reputation der Erdölindustrie geht, sondern auch um die zukünftige Öl- und Gasförderung in der Arktis«, erwiderte Mackenzie, während er durch sein Fernglas blickte.

»Entschuldigung, Mr. Mackenzie.« Erik Trayder, zuständig für die Nachrichten- und Kommunikationstechnik, unterbrach die Unterhaltung und übergab eine schriftliche Nachricht.

Mackenzie legte seinen Feldstecher auf dem Tisch ab und las das in englischer Sprache abgefasste Schriftstück:

An den verantwortlichen Manager der Titan 1, Ian Mackenzie.
Im Namen der russischen Regierung entschuldigen wir uns für den Zwischenfall. Auf Gesuch und in Abstimmung mit dem dänischen Industrieministerium sind wir hier hergekommen. Wir werden versuchen, die Explorer S8 zu bergen. Da noch Überlebende an Bord sein könnten, möchte man keine Zeit verlieren

und sofort mit der Rettungsaktion beginnen. Das Video, das Ihr Tauchroboter nach der Kollision aufgenommen hat, kennen wir bereits. Gibt es noch Informationen oder Umstände, die aus ihrer Sicht wichtig sind? Falls ja, bitten wir um sofortige Mitteilung!

Alexander Bonin, Kapitän U-Boot R-18

Mackenzie setzte seine verspiegelte Sonnenbrille auf und blickte einen Moment zum U-Boot hinüber, dass in etwa 400 Meter Entfernung zur Offshorebohrplattform an der Wasseroberfläche schwamm. »Übermitteln Sie Folgendes«, sagte er schließlich zu Trayder. »An Kapitän Bonin. Die Explorer S8 liegt auf den beschädigten Sicherheitseinrichtungen eines offenen Ölbohrlochs. Wir haben keine weiteren Erkenntnisse und wünschen Ihnen und Ihrer Besatzung eine erfolgreiche Mission. Betonen möchten wir dennoch, dass es sehr wichtig ist, den Zugang zur Bohrung schnellstmöglich wieder herzustellen, damit diese wieder verschlossen werden kann. Viel Glück! Mackenzie.«

Einige Minuten später tauchte die *R-18* in die Dunkelheit der Tiefsee ab.

Das eiskalte Wasser in über 600 Meter Tiefe war relativ klar. Unbemerkt von der restlichen Welt betrachtete die Besatzung im Kommandoraum der *R-18* mittels Außenkameras und leistungsfähigen Lampen das Terrain um das Bohrloch. Sie konnten die stark beschädigte *Explorer S8* sehen, die in einer leichten Schieflage auf den Absperreinrichtungen des Bohrlochs und somit nicht vollständig auf dem Meeresboden lag. Anhand des aus dem Bohrloch austretenden Erdöls bestimmte Bonin die Richtung der Meeresströmung.

104

Dann fiel sein prüfender Blick auf einen seilähnlichen Gegenstand im Antriebspropeller. Er ging davon aus, die Ursache des Unglücks gefunden zu haben.

Direkt über der Unglücksstelle ließ der Kapitän den Antrieb stoppen und ordnete einige Minuten strengster Ruhe an, um eventuelle Lebenszeichen von der Besatzung der *Explorer S8* aufzufangen.

»Der Druck beträgt hier unten 600 Tonnen pro Quadratmeter, bei einer Temperatur, die nahe über dem Gefrierpunkt liegt. Bei diesen Umgebungsbedingungen und den Beschädigungen am U-Boot kann eigentlich niemand überlebt haben«, sagte der 56-jährige Bonin.

Kein Geräusch war zu hören.

Michail Uphoff, Chefingenieur der *R-18* blickte fragend zum Kapitän.

Bonin nahm einen herumliegenden Maulschlüssel, klopfte damit gegen die Außenwand seines U-Boots und wartet nochmals.

»Nichts. Es gibt keine Überlebenden. Mit der geplanten Bergung beginnen«, sagte Bonin betroffen.

Einen Moment später hatte Kapitän Bonin seine Fassung gänzlich zurück und er strahlte wieder die gewohnte Strenge und Härte aus, die seiner exponierten Stellung noch mehr Macht und Ausdruck verlieh.

Das Antriebssystem des U-Bootes wurde gestartet und Uphoff ließ eine Klappe im Bug der *R-18* öffnen. Danach wurde ein kleiner Tauchroboter in Bewegung gesetzt, der langsam aus der Öffnung herausschwebte, ein Stahlseil hinter sich herzog und in vertikaler Richtung auf den vorderen Teil der *Explorer S8* zusteuerte. Da der Tauchroboter an Ober- und Unterseite blinke und zudem mit einer fluoreszierenden Signalfarbe versehen war, konnte die Crew der *R-18* auf einem Monitor live mitverfolgen, welchen Weg das Gefährt nahm.

Mit einem Joystick bewegte der Chefingenieur den Tauchroboter langsam unter der Unterseite des beschädigten U-Bootes hindurch und anschließend zum Startpunkt zurück. Dort angekommen wurde der ferngesteuerte Tauchroboter wieder in der vorderen Öffnung der *R-18* arretiert. Nun wurde eine weitere Klappe im Heck geöffnet, der gleiche Vorgang zur Auslegung einer zweiten Stahlschlinge wiederholt und von den Außenkameras überwacht.

Die *Explorer S8* hing jetzt in zwei ungespannten Stahlseilen unter dem Rettungs-U-Boot. Da diese Tragseile nicht verrutschen sollten, wurden durch den Einsatz eines Schweißroboters während der nächsten zwei Stunden vier vorbereitete Stahlklemmen, durch die sich die Stahlseile nur wenig bewegen konnten, an der Außenwand der *Explorer S8* festgeschweißt.

»Die Vorbereitungen für Phase eins wurden erfolgreich beendet«, sagte Uphoff, als der Schweißroboter wieder an Bord war.

Kapitän Bonin hatte während der Arbeiten darauf geachtet, dass das U-Boot die Position in der Strömung beibehielt. Mit stahlharter Mine sah er seinen Chefingenieur an, dem während des Satzes eine Schweißperle über die Wange lief.

Die Besatzung blickte im Kommandostand erwartungsvoll zum Kapitän.

»Nun wird sich zeigen, ob wir unseren Auftrag erfüllen können oder die *Explorer S8* zerbricht«, sagte Bonin und ordnete an, die Trimmzellen des Rettungs-U-Bootes langsam mit Luft zu füllen.

Durch die sanfte Aufwärtsbewegung nahm zunächst das vordere und kurze Zeit später das hintere Stahlseil die Last auf. Metallische Geräusche begleiteten das Szenario, bis plötzlich ein Ruck durch die *R-18* ging und jedes Besatzungsmitglied spüren konnte, wie die beiden U-Boote allmählich einen gemeinsamen schwebenden Zustand erreichten.

Uphoff sah auf die Monitore und lächelte. Seine Freude über die geglückte Aktion war ihm deutlich anzusehen. »Die Bohrung ist wieder zugänglich«, sagte er schließlich mit ein wenig Stolz in der Stimme.

»Gut gemacht, Michail«, sagte Bonin und befahl einen langsamen Aufstieg bis auf 500 Meter Tiefe.

»Langsame Fahrt in östliche Richtung, Aufstiegswinkel drei Grad«, ordnete Bonin an, um den Sicherheitsabstand zur Bohrung und zur Offshorebohrplattform *Titan 1* zu vergrößern.

Nach drei Seemeilen war die *R-18* wieder an der Wasseroberfläche und parallel darunter hing an den beiden Stahlseilen die *Explorer S8*.

Bonin ließ folgende Nachricht zu Mackenzie übermitteln:
An Ian Mackenzie.
Die Explorer S8 konnte erfolgreich geborgen werden. Die Besatzung der R-18 wünscht Ihnen viel Erfolg für die weiteren Maßnahmen.
Alexander Bonin, Kapitän

Anschließend stiegen Bonin und Uphoff in den Turm ihres U-Bootes.

»Die Wärme der Sonnenstrahlen ist wohltuend, vertreibt aber nicht die Dunkelheit meiner Gefühle tief in meinem Herzen«, sinnierte Uphoff vor sich hin.

»Mir geht es auch so, wenn ich an unsere toten Kameraden denke«, erwiderte Bonin.

Beide blickten schweigend mit ihren Ferngläsern zur Bohrinsel. Sie sahen, wie Mackenzie aus dem Kommandostand kam und eine kleine Anhöhe betrat. Mit der erhobenen flachen Hand Richtung Himmel winkte er zum Abschied.

Bonin gab den neuen Kurs an und das Tandem, bestehend aus der *R-18* und der *Explorer S8*, fuhr mit langsamer Fahrt in nordwestliche Richtung auf Spitzbergen zu.

Mackenzie blickte dem U-Boot noch einige Zeit hinterher, bevor er wieder die Kommandozentrale betrat und die Nachricht über die geglückte Aktion an Jack White und Victoria Bohr übermittelte.

20. Kapitel

Kopenhagen, 31. Juli

Victoria Bohr saß an Ihrem Schreibtisch und las eine aktuelle Nachricht des englischen Forschungsschiffes *Arctic Star*:

Auf dem 75. Breitengrad zwischen Grönland und Spitzbergen wurde eine größere Menge Erdöl schwimmend an der Meeresoberfläche angetroffen. Dies Erdöl kann eigentlich nur von einem Öltanker stammen, der einen beträchtlichen Umweltschaden verursacht hat. Da diese Region zum Hoheitsgebiet Dänemarks gehört, wird das Klima- und Energieministerium gebeten, sofort einzugreifen.

Victoria war klar, dass die Bewertung über die Herkunft des Öls mit hoher Wahrscheinlichkeit falsch ist. Sie griff zum Telefonhörer und wählte die Nummer Ihres Chefs Ras Asmussen.

»Hallo Victoria. Ich glaube den Grund deines Anrufes zu kennen. Ich habe die Nachricht der *Arctic Star* bereits vor einer Stunde gelesen und mit unserem Pressesprecher Jan Petersen diskutiert. Wir müssen jetzt schnellstmöglich eine Pressekonferenz geben und die Öffentlichkeit über den Vorfall informieren«, sagte Asmussen.

»Heute noch?«

»Ja, vermutlich am späten Nachmittag. Petersen wird uns Bescheid geben!«

»Verstanden. Ich werde eine Presseerklärung vorbereiten.«

»Gut. Und noch etwas, Victoria: Zitiere den CEO von OCEAN ENERGY oder Dr. White hierher. Die sollen uns ausführlich und umfassend erklären, welche Maßnahmen angesichts der jetzigen Situation unternommen werden.«

»Natürlich, dann bis später«, erwiderte Victoria und unterbrach die Verbindung.

Umgehend schrieb Victoria Bohr eine E-Mail an Jack White, in der er über die Entdeckungen der *Arctic Star* informiert wurde, mit der Ankündigung, dass in einer kurz bevorstehenden Pressekonferenz des Klima- und Energieministeriums der Öffentlichkeit die Kollision des U-Bootes mit der Bohrplattform und die Auswirkungen dargestellt werden sollten. Ferner enthielt die Nachricht die Aufforderung, sofort nach Kopenhagen zu kommen, um dem Ministerium persönlich die weiteren Arbeiten an der Bohrung sowie die Beseitigung der Umweltschäden zu erklären.

21. Kapitel

Kopenhagen, 31. Juli

Der Medienandrang für die angesetzte Pressekonferenz des Klima- und Energieministeriums war ausgesprochen hoch. Sowohl in- als auch ausländische Medienvertreter waren gekommen, da sie eine Neuigkeit mit weitreichenden medialen Auswirkungen witterten.

In der ersten Reihe sah Victoria Bohr den Chefredakteur vom *Jyland-Posten*, Björn Hertz, den sie durch verschiedene Veröffentlichungen kannte. Ferner erspähte sie in der Mitte des Raumes Frederik Hunter von Greenpeace, der einen emotionsgeladenen Eindruck machte.

Auch Knud Nyrup war anwesend, nachdem Victoria ihn vorab über die letzten Entwicklungen in Kenntnis gesetzt hatte.

Jan Petersen, Ras Asmussen und Victoria Bohr saßen auf dem Podium und blickten in erwartungsvolle Gesichter. Während Petersen routiniert die Anwesenden begrüßte, versuchte Victoria ihre äußere Ruhe auch innerlich wiederzufinden, denn noch dominierte Nervosität auf ihrer allerersten Pressekonferenz.

Petersen las derweil die vorbereitete Presseerklärung vor: »Vor fünf Tagen kam es an der Nordostküste Grönlands zu einem Unfall, bei dem ein russisches Forschungs-U-Boot die Offshoreplattform *Titan 1* gerammt hat. Infolge dieser Kollision, die sich nach unseren bisherigen Erkenntnissen versehentlich ereignete, ist das U-Boot samt Besatzung gesunken und auf den Blowout Preventer der Explorationsbohrung aufgeschlagen. Dieser Blowout Preventer, kurz BOP, ist ein etwa 10

Meter hoher Bohrlochverschluss mit verschiedenen Sicherheitsabsperrein-richtungen. Das gesunkene U-Boot, das den Bohrloch-verschluss beim Auftreffen beschädigt hat, wurde gestern von einem zweiten russischen U-Boot erfolgreich geborgen. Beide U-Boote sind bereits wieder auf dem Weg Richtung Russland. Zum Befinden der Besatzung des gesunkenen Forschungs-U-Bootes liegt uns keine Mitteilung vor. Durch den eingetretenen Schaden konnte jedoch Erdöl aus der Bohrung austreten, das mittlerweile partiell auch an der Meeresoberfläche zu Verschmutzungen geführt hat. Zusammen mit der Firma OCEAN ENERGY, die die Explorationsbohrung vorgenommen hat, werden gegenwärtig alle denkbaren Anstrengungen unternommen, um sowohl die technische Integrität der Bohrung schnellstmöglich wieder herzustellen, als auch die eingetreten Umweltschäden zu beseitigen. Von der Besatzung der Offshoreplattform ist niemand verletzt. Die Sicherheit der *Titan 1* ist durch den Zusammenstoß nicht beeinträchtigt und somit im vollen Umfang weiterhin gewährleistet.«

Petersen machte eine kurze Pause, bevor er fortfuhr: »Wie es zu diesem gegenwärtig unerklärlichen Unfall kommen konnte, muss von einem Untersuchungsausschuss geklärt werden. Dieser Expertenkreis wird so bald wie möglich seine Arbeit aufnehmen. Zu gegebener Zeit werden wir sie über die Ergebnisse unterrichten.«

Petersen spürte eine aufkommende Unruhe im Raum und bat um Fragen.

Ein Reporter von NBC ergriff als Erster die Initiative: »Hatte das russische U-Boot die Erlaubnis, sich im dänischen Hoheitsgebiet aufzuhalten und wenn ja, von wem wurde dieser Einsatz genehmigt?«

»Nach unseren bisherigen Erkenntnissen gab es keine Erlaubnis. Unser Ministerium prüft daher gegenwärtig alle weiteren rechtlichen Schritte und diplomatischen Optionen«, erwiderte Petersen.

Hunter erhob sich von seinem Stuhl und ging zu einem im Raum stehenden Mikrofonständer. »Greenpeace hat schon im Rahmen der Genehmigungsphase für diese Bohrung vor einem Unfall mit erheblichen Auswirkungen gewarnt und nun ist dieser schneller eingetreten als erwartet. Ich habe drei Fragen: Erstens – können Sie abschätzen, wie viel Erdöl bereits ausgetreten ist und wann die Bohrung wieder verschlossen sein wird? Zweitens – was wird konkret unternommen und warum ist kein Vertreter von OCEAN ENERGY hier, um Fragen zu beantworten? Drittens – wie sieht es mit der Übernahme der Verantwortung und Kosten aus, oder muss der Steuerzahler mal wieder alles bezahlen?« Hunter trat einen Schritt vom Mikrofon weg und erwartete die Beantwortung seiner Fragen.

Petersen erklärte mit ruhigen Worten: »Ausgetretenes Erdöl wurde erst vor wenigen Stunden erstmalig an der Meeresoberfläche beobachtet. Belastbare Erkenntnisse liegen aufgrund der Kürze der Zeit noch nicht vor, wir werden jedoch erste Bewertungen so schnell wie möglich veröffentlichen. – Für die Übernahme der Verantwortung und finanziellen Aufwendungen gibt es bereits Gespräche mit russischen Stellen und auch mit OCEAN ENERGY, diese werden parallel zu den gegenwärtigen technischen Maßnahmen zur Wiederherstellung der Bohrungsintegrität geführt. Ein schnelles Ergebnis ist durch die internationalen Verflechtungen in dieser Frage wohl nicht zu erwarten, aber eine Kostenübernahme durch den Staat Dänemark schließen wir momentan erst einmal aus.«

Anschließend wendete sich Petersen an Victoria Bohr und bat sie, einige Details zum technischen Konzept zu erläutern. Victoria blickte kurz zu Asmussen, der unter seinem Schnäuzer die Mundwinkel zu einem leichten Lächeln verzog und ihr freundlich zuzwinkerte. Sie atmete einmal tief durch und erläuterte dann den prinzipiellen Plan zur Reparatur des Bohrlochverschlusses, den Jack White ihr 24 Stunden zuvor zugeschickt hatte.

Dass seit Beginn der Bohrarbeiten verschiedene Rettungsmittel für derartig Notfälle in der Nähe der Bohrplattform vorgehalten und jetzt sofort eingesetzt wurden, führte zumindest zeitweise zu einer leichten Beruhigung der Emotionen.

Nyrups Interessen gingen derweil in eine andere Richtung. Er studierte mit seinen kriminalistischen Erfahrungen alle Anwesenden, konnte jedoch keine verdächtigen oder auffälligen Personen identifizieren.

Angesichts der Tragweite und Bedeutung dieses Ereignisses kündigte Petersen am Ende der Konferenz an, die Presse regelmäßig über die aktuellen Entwicklungen zu unterrichten.

***

Hunter ging nach der Pressekonferenz zu Hertz und sprach unter vier Augen mit dem Chefredakteur vom *Jyland-Posten*. Er erzählte ihm von seiner Absicht, bereits am nächsten Tag zur Bohrplattform zu fliegen. Mithilfe einer Chartermaschine wollte er sich selbst ein Bild von der Situation machen. Hertz sagte spontan zu mitzukommen, wenn es Hunter gelingen sollte, in so kurzer Zeit alles zu organisieren.

Hunter führte noch mehrere Telefongespräche. Zwei Stunden später schickte er Björn Hertz eine SMS:

Reise zur Titan 1 ist perfekt. Treffe Sie morgen früh um 6 Uhr am Kopenhagener Flughafen im Abflugbereich. Die Bestätigungen für die Reservierungen der Flugtickets habe ich vorliegen. Frederik Hunter.

22. Kapitel

Kopenhagen

Der erste Tag im August begann verregnet. Frederik Hunter stand mit Sophia Butler in der Abflughalle. Beide blickten zur elektronischen Tafel, auf der die Flüge angezeigt wurden.

»Wir müssen nach dem Einchecken zum Gate zwei«, sagte Hunter und erblickte in diesem Moment den Chefredakteur vom *Jyland-Posten*.

Hertz schritt gemächlich auf sie zu und brachte ein müdes »Guten Morgen«, hervor.

»Guten Morgen, Herr Hertz. Schön, dass sie mitkommen. Darf ich Ihnen meine Kollegin Sophia Butler vorstellen? Sie ist seit etwa zwei Jahren bei Greenpeace und wird uns begleiten. Sophia wird hoffentlich einige schöne Film- und Fotoaufnahmen machen können«, sagte Hunter erfreut.

Björn Hertz und Sophia Butler reichten sich zur Begrüßung die Hand und verharrten so einen kurzen Moment.

Hertz blickte der schlanken und hochgewachsenen Frau mittleren Alters ins Gesicht und besonders intensiv in ihre blauen Augen. Die brünetten Haare hatte sie zu einem Pferdeschwanz zusammengebunden, ein dezentes Make-up aufgetragen und strahlte eine anziehende Natürlichkeit aus.

»Wie haben Sie denn die Reise so schnell arrangieren können?«, erkundigte sich Hertz und wandte sich wieder Hunter zu.

»Beziehungen sind das halbe Leben, aber da sage ich Ihnen wohl nichts Neues. Nein, im Ernst – ich habe eine gute Bekannte, die bei der *Scandinavian Airlines* arbeitet. Sie hat für uns alle nötigen Buchungen vorgenommen und die entsprechenden Arrangements getroffen.«

»Ausgezeichnet – und vielen Dank für das spontane Engagement!«

Während des dreieinhalbstündigen Fluges nach Longyearbyen, der Hauptstadt von Spitzbergen, unterhielten sich Björn und Sophia äußerst angeregt.

Die zu Norwegen gehörende Inselgruppe erreichten sie gegen elf Uhr. Beim Transfer zur speziell reservierten Chartermaschine der örtlichen Fluggesellschaft nahmen die drei Reisenden intensiv das arktisch-kühle Klima wahr.

Sophia fragte den freundlichen Shuttlebusfahrer, ob die Anzeige von vier Grad Celsius die aktuelle Außentemperatur wäre. Mit einem Grinsen und einem kurzen »Yes!« bestätigte der Fahrer das. In bestem Schulenglisch erzählte er seinen Fahrgästen, dass es auf Spitzbergen das ganze Jahr über relativ kalt und windig sei und die Sonne während der monatelangen Polarnacht von April bis Ende August nicht unterginge. Zudem sei die Küstenregion jetzt im Sommer nur etwa sechs Wochen völlig schneefrei. »Für die unter Artenschutz stehenden Eisbären, Polarfüchse und das Spitzbergenren genau die richtigen Temperaturen«, bemerkte der Fahrer noch, bevor er vor einer viersitzigen Propellermaschine anhielt.

***

Am späten Vormittag des ersten August ließ Kapitän Bonin das U-Boot-Tandem, das sich etwa 90 Seemeilen westlich von

Spitzbergen aufhielt, stoppen und ging mit Ivan Koplev, einem Mitarbeiter des russischen Geheimdienstes sowie seinem Chefingenieur Michael Uphoff für eine Unterredung in die Kapitänskabine.

»Direkt unter uns befindet sich in etwa 5.600 Metern das *Molloytief*. Bevor wir Phase zwei unseres Auftrages ausführen, müssen drei Taucher zur beschädigten *Explorer S8* runter, die vorbereiteten Sprengladungen anbringen und dieses Seil, oder was immer es sein mag, vom Antriebspropeller bergen. Das Corpus Delicti könnte der Grund für den katastrophalen Unfall und somit als Beweismittel sehr wichtig sein«, sagte Bonin zu seinen engsten Vertrauten.

»Dem stimme ich absolut zu«, sagte Koplev und räusperte sich, bevor er weitersprach. »Meine Herren, wir sind die Einzigen hier, die den wahren Auftrag dieser Mission kennen. Den Grund für die vollständige Zerstörung des U-Boots darf niemand von der Besatzung erfahren. Wenn bekannt werden sollte, dass die *Explorer S8* Tarnkappeneigenschaften hat, dank derer es durch Satelliten nicht zu orten ist, und zudem eine Spezialausrüstung an Bord hat, mit der Unterseekabel angezapft und so der Datenverkehr zwischen Europa und den USA ausspioniert werden konnten, wäre das ein Desaster«, erklärte Koplev eindringlich.

»Das ist absolut klar«, sagte Bonin. »Also, allerhöchste Geheimhaltungsstufe, auch für diese zweite Phase.«

»Verstanden, Kapitän«, sagte Uphoff. »Ich werde jetzt drei Kameraden für diese anspruchsvolle und möglicherweise auch gesundheitsgefährdende Aufgabe aussuchen. Sie erhalten Pressluftflaschen sowie unsere Spezial-Schutzausrüstung.«

Anschließend erläuterte Uphoff seinen Plan für die anstehenden Arbeiten.

Eine halbe Stunde später standen Bonin, Koplev und Uphoff im Turm des U-Bootes. Sie sahen den drei ausgewählten Tauchern zu, die das eine Ende einer etwa 50 Meter langen Leine am U-Boot befestigten und das andere Ende ins Wasser warfen. Anschließend sprangen sie mit den Sprengladungen und einigen Werkzeugen hinterher, nahmen das freie Ende der Leine in die Hand und tauchten zur *Explorer S8* hinab.

Nach annähernd 40 Minuten waren die drei Taucher wieder an der Wasseroberfläche, stiegen aufs U-Boot und holten die Leine ein. Als das geschehen war, wurde ein dünnes Stahlseil mit kleinen Schwimmkörpern und verschiedenen Gegenständen sichtbar.

Nachdem das über 200 Meter lange Stahlseil aus dem Wasser gezogen und ins U-Boot gebracht worden war, schauten sich Bonin und Uphoff die aufgeholten Gegenstände genauer an.

»Das sind meiner Ansicht nach Messgeräte zur Bestimmung von Wasserströmung, Temperatur und Salzgehalt. Außerdem ein Rekorder zur Aufzeichnung von Unterwassergeräuschen, wie beispielsweise von Walstimmen. Neben einigen Auftriebskörpern sind zudem noch ein Sender und ein Transponder, vermutlich zu Ortungszwecken an dem einem Ende befestigt«, sagte Uphoff nach fachgerechter Betrachtung.

»Vermutlich handelt es sich um eine Messleine zur Aufzeichnung von wissenschaftlichen Daten. Möglicherweise können mit dem Rekorder aber auch U-Boot-Geräusche erfasst werden. Das werden unsere Spezialisten in Murmansk schon herausfinden«, erwiderte Bonin.

Bonin ordnete an, das Stahlseil samt Messgeräten ins Boot zu bringen. Danach stieg er mit Uphoff und Koplev hinab zur Kommandobrücke.

Einige Minuten später nahm Kapitän Bonin das Mikrofon und sprach zur Mannschaft: »Lasst uns eine Minute unserer verstorbenen Kameraden von der *Explorer S8* gedenken, die hier ihre letzte Ruhestätte finden werden«, sagte Bonin mit maßvoller Stimme.

Bonin sah zu seinem Chefingenieur Michail Uphoff, der bereits Vorbereitungen für die Versenkung der *Explorer S8* getroffen hatte. Auf sein Kommando würde das atomar verseuchte U-Boot samt Crew in die lichtlose Meerestiefe hinabgleiten und dort für alle Zeiten bleiben.

»Gott nehme sich ihrer Seelen an«, sagte Bonin und nickte Uphoff zu.

Uphoff drückte auf zwei Tasten und die beiden Seilschlingen, mit denen die *Explorer S8* unter der *R-18* hing, lösten sich aus ihrer Arretierung.

Die *Explorer S8* sank in die Tiefe und alle Besatzungsmitglieder wussten, dass fortan nur noch die Sterne am Firmament über sie wachen würden.

Keine Minute danach hörte die U-Boot-Mannschaft drei Explosionen.

Eine Stunde später ließ Bonin eine Nachricht übermitteln:
An Ian Mackenzie.
Die Besatzung der R-18 hat ein langes Stahlseil mit wissenschaftlichen Messgeräten aus dem Antriebspropeller des verunglückten U-Bootes geborgen. Wir vermuten, dass dieses der Grund für den Unfall war. Einen offiziellen Bericht erhalten Sie nach Abschluss unserer Untersuchungen.
Alexander Bonin, Kapitän

***

Auf dem Flugplatz in Longyearbyen machte Lars Carlson eine Sicherheitsinspektion rund um das Propellerflugzeug, als der Shuttlebus mit seinen Fluggästen an der Maschine eintraf. Der 52-jährige Carlson begrüßte das Trio freundlich und erkundigte sich, ob sie bislang eine angenehme Reise hatten.

Sophia Butler musterte Carlson. Der drahtige Mann, der in einem orangefarbenen Sicherheitsoverall vor ihr stand, wirkte mit seinen bereits weiß werdenden, mittellangen Haaren und einigen Falten im Gesicht leicht zerstreut. Er erinnerte sie mehr an Albert Einstein, als an die gewohnte Erscheinung eines stets gut gekleideten Piloten in Uniform.

Frederik Hunter erzählte von der kurzweiligen Anreise und erklärte, ohne den genauen Zweck des Fluges zu verraten, welche Region sie sich aus der Luft anschauen wollten. Anschließend übergab er dem Piloten einen Zettel, auf dem die Koordinaten der Offshoreplattform *Titan 1* standen.

Carlson breitete eine Übersichtskarte aus, markierte die Stelle, an der sich die schwimmende Bohrinsel befand, und zeigte seinen Gästen die Flugroute Richtung Westen.

Um 11.30 Uhr hob die Maschine von Flugplatz ab.

Eine Flugstunde später sah Hunter ein an der Meeresoberfläche schwimmendes U-Boot. Ob es sich um das Rettungs-U-Boot handelte, von dem in der Pressekonferenz berichtet wurde, konnte er nicht beurteilen.

»Fliegen sie bitte so tief wie möglich über das U-Boot hinweg, damit wir erkennen können, ob es sich um ein russisches Modell handelt«, sagte Hunter.

121

»Wir befinden uns hier im Grenzgebiet zwischen Norwegen und Dänemark. Wieso glauben Sie, handelt es sich um ein russisches U-Boot?«, erkundigte sich der Pilot.

»Wir haben gestern auf einer Pressekonferenz des dänischen Energieministeriums erfahren, dass in dieser Region erst vor Kurzem ein U-Boot-Rettungseinsatz stattgefunden hat.«

»Aha«, bemerkte der Pilot trocken und ging tiefer.

»*R-18* steht am Turm, seht ihr es auch?«, rief Sophia aufgeregt, während sie das U-Boot überflogen.

»Ich konnte es auch sehen«, bestätigte Hertz leise.

»Können wir den Überflug noch einmal wiederholen, damit ich einige Aufnahmen machen kann?«, rief Sophia.

»Natürlich«, erwiderte Carlson, flog zunächst eine Schleife und anschließend noch einmal langsam über das U-Boot hinweg, auf dem keine Besatzungsmitglieder zu sehen waren.

Während Sophia filmte, schossen Hunter und Hertz eine Serie von Fotos.

»Von dem beschädigten Forschungs-U-Boot ist nichts zu sehen. Es hieß doch in der Pressekonferenz, dass es im Geleit von *R-18* bereits auf dem Weg Richtung Russland sei.«

»Stimmt. Auf dem Weg … » wiederholte Hunter langsam.

»Vielleicht gibt es Gründe, dass es dort niemals ankommen sollte und wohlmöglich wurde das U-Boot hier … versenkt.« Hunter hielt kurz inne. »Falls es einen atomaren Antrieb hatte, der bei der Kollision beschädigt wurde oder gar explodiert ist, würde radioaktives Material freigesetzt werden. Dann hätte man einen sehr guten Grund, es an einer geeigneten Stelle zu entsorgen.«

»Du meinst hier, Frederik?«

»Wie tief ist das Meer hier?«, fragte Hunter den Piloten.

»Hier dürfte sich wohl die tiefste Stelle der Grönlandsee befinden. Etwa fünfeinhalb Kilometer bis zum Meeresgrund. Man nennt diesen Ort auch *Molloytief*«, sagte Carlson.

Hertz ordnete seine Gedanken. »Möglich wäre, dass das geborgene Forschungs-U-Boot hier versenkt wurde.«

»Soll ich zum geplanten Ziel weiterfliegen?«, erkundigte sich der Pilot.

»Ja, bitte«, bestätigte Hunter.

Während der nächsten halben Stunde war die Stimmung bedrückt.

Hertz grübelte über das Schicksal des Forschungs-U-Bootes nach. »U-Boot Einsätze werden in Russland fast immer vom Militär beziehungsweise von staatlichen Stellen in Auftrag gegeben. Spionage kann nicht ausgeschlossen werden, daher könnte die Besatzung aus Soldaten bestanden haben. Wenn das beschädigte U-Boot im *Molloytief* versenkt wurde, werden die Angehörigen sie nie wiedersehen. Was ist einer Regierung wohl ein Menschenleben wert?«

»Wir haben unser Zielgebiet erreicht«, sagte Carlson und zeigte auf die Bohrinsel.

Sophia nahm ihren Fotoapparat und holte sich mit ihrem Teleobjektiv die *Titan 1* noch etwas näher heran, bevor sie auf den Auslöser drückte. Nach einem kleinen Schwenk konnte sie einige im Meerwasser treibende kleinere Eisschollen entdecken und fotografierte auch diese von der Natur geschaffenen Kunstwerke.

Hunter suchte mit einem Fernglas die Meeresoberfläche nach erdölverunreinigten Stellen ab und meinte in südlicher Richtung etwas erkannt zu haben.

Schließlich wandte er sich an Carlson: »Fliegen sie bitte von Norden langsam an der Bohrplattform vorbei und halten dann einen südlichen Kurs.«

»Okay«, erwiderte Carlson, der über die präzise Angabe der Flugroute ein wenig erstaunt war.

»Ein Hubschrauber steht auf dem Landeplatz und mit einem Kran werden einige Gegenstände verladen. Ich kann aber nichts Ungewöhnliches erkennen«, meinte Hertz, als sie mit kleinem Sicherheitsabstand an der Bohrinsel vorbeiflogen.

»Dieser schwimmende Koloss ist schon ganz schön imposant«, bemerkte Hunter.

Einige Minuten später sahen Carlson und Hunter einen an der Wasseroberfläche treibenden Ölteppich, der bereits eine stattliche Größe angenommen hatte und in dessen Mitte sich ein kleiner Eisberg befand.

»Fliegen sie so tief wie möglich darüber hinweg«, wies Hunter den Piloten an.

Ohne Kommentar folgte Carlson der Anordnung.

Als sie nur noch wenige Hundert Meter vom Eisberg entfernt waren, rief Hunter plötzlich: »Seht nur, der Eisberg dreht sich!«

Carlson flog seine Propellermaschine dicht an dem Naturschauspiel vorbei, während Sophia das Spektakel mit ruhiger Hand filmte.

»Diese halbe Eskimorolle war sehr beeindruckend«, sagte Hertz langsam. »Fliegen wir noch mal darüber hinweg?«

»Natürlich, so oft sie wollen«, meinte Carlson salopp.

Beim zweiten Anflug sahen sie einen im Wasser schwimmenden Eisbären, der mit viel Mühe versuchte, auf den leicht schaukelnden Eisberg zu kommen.

Sophia Butler fokussierte ihre Videokamera. »Der Eisbär versucht an einer Stelle auf den Eisberg hochzuklettern, an der es aufgrund der Höhe und Neigung nur schwer möglich sein wird.«

Plötzlich erblickte Sophia durch das Objektiv in unmittelbarer Nähe ein weiteres Lebewesen.

»Da ist noch ein kleiner Eisbär im Wasser, wahrscheinlich ein Jungtier.«

Hunter und Herz starrten gebannt hinab.

»Durch das Erdöl im Wasser können die Eisbären wahrscheinlich nur schlecht oder gar nichts sehen. Ohne dieses Sinnesorgan sind sie offensichtlich nicht in der Lage sich zu orientieren. – Das wird für sie zu einem Überlebenskampf«, flüsterte Hunter leise.

»Auch wenn dieses Drama nur schwer zu ertragen ist, muss die Weltöffentlichkeit hiervon erfahren. Wir sollten die Ausdehnung des Ölteppichs erkunden und dann noch einmal hierher zurückkehren«, sprach Björn Herz seine Gedanken aus journalistischer Sicht aus.

Carlson flog einige Minuten in südwestlicher Richtung, bis keine öligen Stellen mehr an der Meeresoberfläche zu sehen waren, und kehrte anschließend in einem leichten Bogen zum Eisberg zurück.

»Seht nur, der ausgewachsene Eisbär hat es doch noch auf den Eisberg geschafft. Durch das Erdöl hat er jetzt allerdings ein schwarzes Fell bekommen. Nur an seiner Schnauze ist noch ein heller Fleck. Von dem Jungtier ist allerdings nichts mehr zu sehen«, rief Sophia ergriffen.

Als die Propellermaschine den Eisberg überflog, erhob sich der schwarze Eisbär. Auf den Hinterbeinen stehend wies seine Tatze scheinbar mahnend Richtung Himmel.

»Unglaublich. Die Szene erinnert mich an etwas Göttliches. Selbst Maler wie Michelangelo hätten kein ausdruckstärkeres Bild malen können«, raunte Hertz.

»Hast du alles gefilmt?«

»Ja«, bestätigte Sophia und nickte leicht.

23. Kapitel

Kopenhagen, 1. August

Im Polizeipräsidium unterrichtete Nyrup, einen Tag nach der Pressekonferenz des Klima- und Energieministeriums, seinen Chef Erik Olsen, Clara Andersen und Per Hammond, während des 10-Uhr-Briefings über die letzten Entwicklungen. Am Ende seiner Ausführungen blickte er zu Andersen, die daraufhin eine aus zwölf DIN-A4-Seiten bestehende Liste mit Namen auf den Besprechungstisch legte und die Gesprächsführung übernahm.

»Unsere Recherche hat ergeben, dass die auf diesen Blättern stehenden amerikanischen Personen einige Tage vor Ole Seebergs Tod nach Dänemark ein- und spätestens eine Woche nach dem Mord an Anna Lundbye wieder ausgereist sind. Die ungewöhnlich hohe Anzahl ist insbesondere durch die erst kürzlich stattgefundene Weltklimakonferenz erklärbar, an der unter anderem auch viele international tätige Wissenschaftler, Journalisten und Politiker hier in Kopenhagen teilgenommen haben. Ich habe alle durch unseren Zentralcomputer nach möglichen Haftbefehlen, Fahndungen oder sonstigen Straftaten überprüft. Parallel dazu hat Per Hammond einen Abgleich mit den Datenbanken des FBI vornehmen lassen. Neben der Bestätigung der Identitäten konnte bei diesen Personen jedoch nichts Verdächtiges oder Auffälliges gefunden werden.«

Andersen blickte Olsen und Hammond kurz ins Gesicht und legte ein weiteres Blatt auf den Tisch.

»In dieser ergänzenden selektierten Aufstellung stehen die Namen von drei weiteren Personen, bei denen das FBI eine eingehende Überprüfung empfohlen hat. Da alle während ihres

Aufenthaltes hier in Kopenhagen in einem Hotel abgestiegen sind, haben wir die Aufzeichnungen der Überwachungskameras gecheckt und konnten glücklicherweise von jedem der drei Männer ein Bild erhalten. Sofern keine Einwände bestehen, werden diese Aufnahmen zur Überprüfung der Identitäten nach der Besprechung an das FBI geschickt. Was die drei hier gemacht haben und mit wem beziehungsweise in welchem Umfeld Begegnungen stattgefunden haben, konnte bislang noch nicht ermittelt werden. Jeder der drei Männer hatte während seines Aufenthaltes ein Auto gemietet. Die Spurensicherung hat die Untersuchungen nach verwertbaren Fingerabdrücken, DNS et cetera bereits aufgenommen. Ich werde sofort informiert, wenn sie etwas finden.«

»Gut gemacht, Clara, bleib dran und mach weiter Druck«, sagte Olsen anerkennend und wandte sich im nächsten Moment an Per Hammond. »Hat das FBI nähere Angaben zu den drei benannten Personen gemacht?«

»Noch nichts Genaues, aber nach Auswertung aller verfügbaren Geheimdienstdaten, gibt es begründete Verdachtsmomente. Nach dem Abgleich der Bilder sollten wir aber Detailinformationen erhalten«, versicherte Hammond.

»Okay, damit müssen wir uns wohl zunächst zufriedengeben. Gibt es neue Erkenntnisse, die Frau Seeberg betreffen? Haben wir schon ermittelt, was die im Ausland vorgenommene Lebertransplantation gekostet und unter welchen rechtlichen Rahmenbedingungen diese stattgefunden hat?« wollte Olsen wissen.

»Das prüfen wir noch im Detail, aber nach einer ersten Recherche im Internet könnten die finanziellen Aufwendungen über 100.000 Dollar gelegen haben«, sagte Nyrup.

Olsen zog die Brauen hoch.

»Knut, besorg so rasch wie möglich alle Informationen über den Eingriff und prüfe, ob die Seebergs diese Kosten privat bezahlt haben.«

»Natürlich!«

24. Kapitel

Kopenhagen, 3. August

Am Samstag bereitete Victoria Bohr bei wolkenlosem Himmel und angenehm sommerlichen Temperaturen ein kleines Frühstück auf ihrer Dachterrasse vor. Kurz nach zehn Uhr klingelte es und Victoria, die gegenwärtig als unverheirateter und kinderloser Single allein lebte, öffnete die Wohnungstür. Vor ihr stand ihre beste Freundin Siri Holm, mit leicht blondierten Haaren, pinkfarbenen Lippen und azurblauen Augen. Die 33-Jährige brachte frisch duftende Brötchen, eine Flasche Sekt und eine Zeitung mit.

»Schön, dass es mit unserer Verabredung doch noch geklappt hat. Dein neuer Freund scheint dir echt gut zu tun«, sagte Victoria zur Begrüßung.

»Stimmt, seit der ersten Begegnung und einer wunderbaren gemeinsamen Nacht mit Matthias fühlt sich mein Leben noch glücklicher an«, erwiderte Siri strahlend.

»Möchtest du einen Latte macchiato, normalen Kaffee oder lieber Tee?«, fragte Victoria.

»Ein Latte wäre jetzt genau das Richtige.«

Beide gingen in die Küche und Victoria kümmerte sich sogleich um die Getränke.

Ohne die angeregte Unterhaltung zu unterbrechen, schlenderten sie kurze Zeit später gemeinsam auf die Dachterrasse und genossen unter den wärmenden Sonnenstrahlen das Frühstück.

Eine Stunde erzählte Siri voller Leidenschaft Victoria nahezu alle Einzelheiten von ihrem Mr. Right.

»Schön, so ein relaxter Start ins Wochenende«, sagte Victoria, nahm die von Siri mitgebrachte Wochenendausgabe des *Jyland-Postens* und las die Überschrift auf der Titelseite: *Überlebenskampf in der Arktis*. Anschließend fiel ihr Blick auf das Foto mit dem schwarzen Eisbären. Sie zuckte kurz zusammen und erstarrte dann vor Entsetzen.

Das ist eine Katastrophe, dachte sie und las den Text unter dem Bild: *Die Natur hat keinen Sprecher und doch sagt dieses Bild unendlich mehr als alle Worte dieser Welt.*

Dann folgte ein Artikel, den Chefredakteur Björn Herz verfasst hatte:

Eine neue Facette des Dramas, das sich erst vor zwei Tagen als Folge der Kollision des russischen Forschungs-U-Bootes an der Offshoreplattform Titan 1 ereignete, ist auf diesem Foto zu sehen. Wenige Minuten, bevor dieses Bild aufgenommen wurde, kämpfte der Eisbär im arktischen Eiswasser noch um sein Leben. Durch das im Wasser befindliche Erdöl konnte er offensichtlich nicht viel sehen, irrte zeitweilig orientierungslos umher und konnte auch bei einer Vielzahl von Versuchen den rettenden Eisberg lange Zeit nicht besteigen. Das gewohnte Terrain hatte sich nach Tausenden von Jahren radikal verändert. Erst mit einem letzten Kraftakt gelang dem Eisbären schließlich noch die Rettung. Das Bärenfell war seit diesem Moment nicht mehr weiß, sondern vollständig schwarz ...

Victorias Augen überflogen den restlichen Absatz. Darunter befand sich noch ein Exklusivinterview, dass Björn Hertz vor der Reise in die Arktis Frederik Hunter versprochen hatte. Hunter konnte sich nun sicher sein, die weltweite Aufmerksamkeit für die Aktivitäten von Greenpeace in dieser einzigartigen Region zu bekommen. Am Ende des Beitrages stand ein Link zu dem Video von Sophia Butler.

Siri sah Victorias plötzliche Stimmungswandlung und natürlich entging ihr nicht der schockierte Gesichtsausdruck. »Was ist geschehen?«, fragte sie dann besorgt.

Victoria schluckte und seufzte, dann erzählte sie den Hintergrund ihrer Betroffenheit. »Hast du was dagegen, wenn ich mich kurz ins Internet einlogge und wir uns gemeinsam den Film zum Artikel ansehen?«, fragte Victoria.

»Nein, natürlich nicht«, antwortet Siri.

Victoria stand auf und holte ihren Laptop. Kurze Zeit später startete das Video.

»Das Video ist noch nicht lange online und hat trotzdem schon 1.400 Views«, stellte Siri erstaunt fest.

Nahezu wortlos sahen sie sich den dreiminütigen Film an. Mit einem dramatischen »Oh Gott!« kommentierte Victoria die verzweifelten Versuche des Bären aus dem Wasser zu steigen, um sich auf dem kleinen Eisberg in Sicherheit zu bringen.

»Das ist echt traurig. Was sagen die Verantwortlichen zu diesem Naturdrama?« wollte Siri wissen.

»Das werde ich schnellstmöglich in Erfahrung bringen. Leider kann ich dir nicht mehr erzählen, da dies eine vertrauliche Dienstangelegenheit ist«, beteuerte Victoria.

***

Die Bilder von dem Eisbärendrama in der Arktis wurden bereits einige Stunden später auf verschiedenen Fernsehkanälen gesendet. Victoria spürte, dass der Druck auf die Verantwortungsträger und Behörden sprunghaft wuchs, daher fuhr sie am folgenden Montag bereits sehr früh ins Büro und verfasste sofort eine offizielle Einladung, die via E-Mail an den CEO von OCEAN ENERGY, Dr. James Lesar, sowie in Kopie an Dr. Jack White verschickt werden sollte. Inhaltlich sollten während eines förmlichen Gespräches in der dänischen Hauptstadt alle Aspekte des Vorfalls, der gegenwärtigen Maßnahmen und Auswirkungen, insbesondere auch die Anforderung zur Erhöhung der Sicherheit im Ministerium für Klima und Energie erörtert werden. Die Ankündigung einer möglichen Aussetzung oder der Verlust der Bohrlizenz sollte die Wichtigkeit des Treffens nachdrücklich unterstreichen. Victoria hatte als Besprechungstermin bereits den kommenden Freitag vorgesehen.

Als die Mitteilung fertig geschrieben war, betrat Ras Asmussen Victorias Büro und reichte ihr zur Begrüßung die Hand. »Victoria, ich habe gestern Abend noch mit unserem Pressesprecher über den Fernsehbeitrag gesprochen und wir sollten aufgrund der aktuellen Entwicklungen OCEAN ENERGY einbestellen.«

»Dieser Ansicht stimme ich absolut zu. Ich habe daher auch schon eine Einladung verfasst. Schauen Sie bitte mal auf meinen Monitor.«

Asmussen las aufmerksam. »Perfekt, das können wir so verschicken.«

Victoria drückte umgehend auf *Senden*.

Dann sah sie im Posteingang ihres PCs eine Nachricht von Ian Mackenzie. »Augenblick mal, das könnte auch interessant sein«, sagte Victoria und öffnete die E-Mail, die in Kopie auch an Dr. Jack White verschickt worden war.

Asmussen und Bohr lasen die von Kapitän Bonin verfasste Nachricht.

»Was wissen wir über wissenschaftliche Messungen in dieser Region, bei denen Messgeräte untereinander mit einem Stahlseil verbunden sind?«, fragte Asmussen.

»Ich werde mich umgehend informieren«, antwortet Victoria. »Ich möchte mir noch vor dem Treffen mit OCEAN ENERGY einen persönlichen Eindruck von der Vor-Ort-Situation und dem gegenwärtigen Status zum Austausch des Bohrlochkopfes verschaffen. Stimmen Sie einer Reise zur Bohrplattform zu?«

»Um unseren Aufsichtsverpflichtungen nachzukommen, ist unsere Präsenz dort jetzt auf jeden Fall geboten. Sofern Flüge kurzfristig verfügbar und Sie zum Meeting am kommenden Freitag rechtzeitig wieder hier sind, unterstütze ich das. Finde jedoch auch bis zur Besprechung heraus, was es mit diesem Stahlseil und den Messgeräten auf sich hat«, erwiderte Asmussen ernst.

»Okay, dann werde ich sofort alles veranlassen.«

25. Kapitel

Kopenhagen, 5. August

Die FBI-Nachricht traf am Montag um 8.18 Uhr in der Dienst-
stelle des dänischen Geheimdienstes ein. Mit einem Becher
Kaffee in der Hand las Per Hammond die Neuigkeiten:
*Der Abgleich der drei Bilder hat ergeben, dass die Identität
einer Person gefälscht ist. Bei dem nach Dänemark eingereis-
ten Richard Perry handelt es sich vermutlich um John Wilkinson, einen bekannten Auftragskiller. Einige Details zur Person
sind dem Anhang zu entnehmen.*
*Der Anfangsverdacht gegen die beiden anderen Personen
hat sich nicht bestätigt.*
*Zur Anfrage kann außerdem Folgendes festgestellt werden:
Der im dänischen Ministerium für Klima und Energie entdeck-
te Trojaner auf dem Rechner von Ole Seeberg wurde von einem
Computer der Firma OCEAN ENERGY verschickt, von der IP
von Dr. Jack White.«*
Das sind ja interessante Informationen, dachte Hammond
und öffnete den Dateianhang.
Der Vergleich des FBI-Bildes mit der Aufnahme aus dem
Kopenhagener-Hotel zeigte tatsächlich eine Übereinstimmung.
Laut FBI-Angaben lebte der 52 jährige, 1,88 Meter große John
Wilkinson in New York.
Was für ein Zufall, sinnierte Hammond und verfasste sofort
eine Antwort:

*Vielen Dank für die übersandten Informationen. Aufgrund der
vorliegenden Daten besteht der dringende Verdacht, dass es*

eine Verbindung zwischen John Wilkinson und den zwei Mor-
den in Kopenhagen sowie OCEAN ENERGY geben könnte.
Erbitten umgehend Auskunft zu folgenden Sachverhalten:

1. *Gibt es Erkenntnisse über Kontakte/Kommunikation oder sonstige Verbindungen zwischen Dr. Jack White und John Wilkinson?*
2. *Für einen Vergleich der in Kopenhagen am Tatort ge-fundenen genetischen Spuren bitten wir um die Daten der DNA von John Wilkinson.*
3. *OCEAN ENERGY hat die russische Bohrfirma TITAN DRILLING beauftragt, Explorationstätigkeiten in der Arktis durchzuführen. Auf der sich östlich von Grönland befindlichen Offshorebohrplattform Titan 1 ist vor etwa acht Wochen eine Aufsichtsperson verschwunden. Der verantwortliche Plattformmanager ist Ian Mackenzie (Profildaten hängen der E-Mail an).*
4. *Hat der amerikanische Geheimdienst Informationen über verdächtige oder ungewöhnliche Vorgänge, die zwischen Dr. Jack White und Ian Mackenzie ausge-tauscht wurden beziehungsweise zur Aufklärung beitra-gen könnten?*

Im Voraus vielen Dank für die Unterstützung.
Per Hammond, PET«

26. Kapitel

New York, 5. August

Die Krisenbesprechung im Head Office von OCEAN ENER-
GY zu den laufenden Aktivitäten in der Arktis begann um zehn
Uhr New Yorker Zeit. Um den Konferenztisch saßen acht leitende Mitarbeiter, die aufmerksam ihrem CEO, Dr. James Lesar, zuhörten.

»Nach erfolgreicher Bergung des U-Boots beginnt heute die
entscheidende operative Phase zur Installierung eines neuen
Bohrlochverschlusses und die Wiederherstellung normaler Bedingungen rund um die Offshoreplattform *Titan 1*. Diese Son-
deroperation wird das Schicksal unserer Firma möglicherweise
nachhaltig beeinflussen. Wenn es der eingesetzten Task-Force
nicht gelingt, die Bohrungsintegrität wieder herzustellen, könnten nach einer Ankündigung der dänischen Aufsichtsbehörde
alle Aktivitäten in der Region ausgesetzt oder schlimmstenfalls
für längere Zeit eingestellt werden. Was das bedeutet, muss ich
wohl nicht weiter erläutern. Unser bereits getätigtes Milliarden-
investment läge dann auf Eis und würde unsere strategische
Ausrichtung nachhaltig verändern; um es vorsichtig auszudrü-
cken. Aus diesem Grunde werden wir einer vorliegenden Einladung des dänischen Klima- und Energieministeriums entsprechen und am kommenden Freitag unsere Position in Kopenhagen erläutern. Unter der Leitung von Dr. Jack White und
einem noch festzulegenden Mitarbeiterstab sollten wir die Fakten zu diesem außergewöhnlichen Unfall, den gegenwärtigen
Maßnahmen sowie unsere Position zu den Geschehnissen erläutern. Ich muss mich morgen einer geplanten OP unterziehen

und kann diese Aufgabe bedauerlicherweise nicht selbst übernehmen, daher verlasse ich mich voll auf Sie!« Um den letzten Nachsatz einen Moment wirken zu lassen, griff Lesar zum Wasserglas und trank einen Schluck.

In dem Moment piepte ein elektronisches Gerät.

Jack White schaute auf das Display seines Smartphones und las die Textnachricht: *Recall PR*. Beherrscht schaute White anschließend wieder auf und ließ sich nicht anmerken, ob die Nachricht wichtig war.

Lesar blickte noch einmal in die Runde, bevor er fortfuhr. »Okay. Gemäß vorliegender Tagesordnung wird Dr. White heute zunächst die wesentlichen Ereignisse zusammenfassen und unsere Strategie vorstellen, bevor wir die rechtlichen und finanziellen Aspekte erörtern. Bitte Jack«, sagte Lesar und übergab mit einer auffordernden Armbewegung das Wort.

***

Um 13.10 Uhr war die Besprechung von OCEAN ENERGY zu Ende. Jack White fuhr mit dem Fahrstuhl ins Erdgeschoss und ging etwa zehn Minuten durch die überfüllten New Yorker Straßen. An einem öffentlichen Telefon schaute sich White um, nahm den Hörer in die Hand und drückte eine bekannte Zahlenfolge.

»Hallo«, sagte wenige Momente später eine männliche Stimme.

»Sind sie es John?«, fragte Jack White.

»Ja, die Jobs sind erledigt und ich bin eben wieder in New York angekommen. Können wir vereinbarungsgemäß heute noch das Finanzielle regeln?«

138

White überlegte einen Moment. »Okay. Treffen wir uns heute Abend um 20.30 Uhr vor den Eingangsstufen des Metropolitan Museum.«

»Verstanden«, erwiderte Wilkinson.

27. Kapitel

New York, 5. August

Seitdem das FBI wusste, dass der gesuchte Auftragskiller John Wilkinson mit falschem Pass unter dem Decknamen *Richard Perry* nach Dänemark gereist war, wurden die internen Ermittlungen der amerikanischen Geheimdienste intensiviert. Innerhalb weniger Stunden hatte das FBI Richard Perrys Flugdaten von New York nach Kopenhagen für die Ausreise am 10. Juli ermittelt. Da nur ein Hin- aber kein Rückflug in die USA gebucht wurde, mussten die Daten sämtlicher Fluggesellschaften für eine mögliche Rückreise in die USA, über alle infrage kommenden Städte, einer weiteren Prüfung unterzogen werden.

Schließlich stellte sich heraus, dass ein Richard Perry am Montag, dem 5. August mit einer Maschine der *American Airlines* um 13.05 Uhr am Flughafen New York Newark eintreffen sollte.

Das FBI schickte daraufhin dem Chef des Flughafen-Sicherheitsdienstes, Steven Baker, eine Nachricht, in dem er über die Einreise von Richard Perry alias John Wilkinson informiert wurde. Neben den Flugdaten wurde zudem ein Bild des Gesuchten, inklusive Gefährdungspotenzial, übermittelt. Abschließend wurde eine FBI-Überwachung der Zielperson im Bereich des Flughafengeländes angekündigt und um entsprechende Unterstützung gebeten.

***

Der erfahrene FBI-Agent Andrew Johnson traf mit seinen Kollegen Jayden Hamilton, Joe Nix und der noch relativ unerfahrenen Jennifer Winfied zwei Stunden vor Landung der Maschine am New York Flughafen ein.

In Steven Bakers Büro informierte Johnson den Sicherheitschef sowie alle Verantwortlichen und das leitende Sicherheitspersonal detailliert über den Einsatz. Die Zielperson sollte im Bereich des Flughafengeländes nur observiert, aber noch nicht festgenommen werden. Das würde eine Spezialeinheit des FBI zu einem späteren Zeitpunkt übernehmen.

Johnson positionierte seine Mitarbeiter an ausgewählten Stellen im Flughafenbereich, ging dann für die weitere Koordinierung der Observation zur Sicherheitszentrale und hielt an der Eingangstür seinen FBI-Ausweis vor die Kamera. Sogleich wurde die Türverriegelung elektronisch geöffnet. Johnson betrat den Raum.

»FBI, Special Agent Johnson!«

Drei Security-Mitarbeiter befanden sich im Raum, von denen einer aus seinem Drehstuhl aufstand und zur Begrüßung auf Johnson zuging.

»Hallo, mein Name ist Benjamin Monroe, Sie können mich Ben nennen. Ich wurde über Ihren Einsatz informiert und habe Sie bereits erwartet. Kommen Sie bitte, von hier drüben haben Sie einen guten Überblick über alle Überwachungseinrichtungen.«

Johnson schaute sich im Raum um, betrachtete flüchtig die Vielzahl der Bildschirme und Telefone, bevor er Monroe die entgegengereichte Hand schüttelte. »Zur Identifizierung der gesuchten Person brauchen wir zunächst eine eindeutige Bestätigung. Könnten Sie die Überwachungskamera im Bereich der Gangway direkt auf die aus dem Flugzeug aussteigenden Fluggäste richten?« fragte Johnson.

»Natürlich, unsere Sicherheitstechnik ist auf dem neusten Stand. Einzelne Bilder können wir auch sofort in HD-Qualität ausdrucken«, erwiderte Ben stolz.

Pünktlich zur angegebenen Zeit traf die Maschine aus Kopenhagen ein. Die Gangway wurde ans Flugzeug gefahren, die Tür geöffnet und die ersten Reisenden verließen das Flugzeug.

»Da, hinter den beiden jungen Frauen mit den blonden Haaren, das könnte er sein«, sagte Johnson.

Der Security-Mitarbeiter vergrößerte mit seinem Joystick den Bildausschnitt, bis nahezu eine Porträtaufnahme des Mannes auf dem Monitor zu sehen war.

»Das ist er, zweifelsfrei. Können Sie das Bild speichern und mir einen Ausdruck geben?«

»Kein Problem, wird sofort erledigt«, erwiderte Ben prompt.

Johnson teilte die eindeutige Identifikation mit genauer Beschreibung der Kleidung des Observierten über Funk seinen Mitarbeiten mit und verfolgte das weitere Geschehen über die Überwachungskameras.

Als das Gepäck mithilfe eines Förderbandes aus dem Flugzeug ausgeladen wurde, stand der auf Überwachungstechnik spezialisierte FBI-Agent Nix neben dem Flughafenservicepersonal, das den zusätzlichen Auftrag erhalten hatte, mittels Scannern den Koffer des Observierten herauszufiltern. – Bereits einige Minuten später stand das gesuchte Gepäckstück am Ende des Transportbandes. Nix öffnete mit viel Geschick den

verschlossenen Aluminiumkoffer und versteckte zu Ortungszwecken im Inneren einen Miniatursender. Anschließend wurde der Koffer wieder verschlossen und zum Gepäck der anderen Fluggäste gelegt.

Über die Vielzahl der Überwachungskameras beobachtete
Johnson im Gepäckausgabebereich, dass seine Zielperson an-
gerufen wurde und ein kurzes Telefongespräch führte. Anschließend nahm der Observierte den präparierten Aluminiumkoffer vom Förderband und ging zur Passkontrolle.

Im Kontrollbereich erledigten die instruierten Beamten routiniert und wachsam ihre Arbeit. Die leicht untersetzte Kontrol-
leurin Diana Ford nahm den amerikanischen Ausweis entgegen, der auf den Namen *Richard Perry* ausgestellt war, und
legte ihn auf das Lesegerät des Zentralcomputers. Nach einigen
Sekunden erschien auf dem Display vor ihr ein *Okay*. Ohne
äußere Regung gab Diana Ford den Pass zurück und wünschte
noch einen guten Tag.

Vor dem Haupteingang des Flughafens stieg John Wilkinson
alias Richard Perry in ein Taxi, nahm hinten Platz und nannte
als Adresse die *Grand Central Station*.

Gewohnheitsmäßig blickte sich Wilkinson während der Fahrt
gelegentlich um, obwohl er sich durch die angenommene Identität in den letzten Monaten relativ sicher fühlte und ihm klar war,
dass angesichts der hohen Verkehrsdichte und der Staus um die
Mittagszeit eine Verfolgung nur schwer möglich war.

Etwa 45 Minuten später hielt das Yellow Cap am Zielort in
Manhattan.

Johnson und seine drei FBI-Kollegen trafen im schwarzen
Chrysler keine Minute später ein, konnten jedoch nur noch

beobachten, wie Wilkinson zügigen Schrittes den Etagenbahnhof *Grand Central Station* betrat. Alle wussten, dass eine Verfolgung von diesem Terminal aus, mit seinen über 40 Bahngleisen, nicht leicht sein würde.

»Los, hinterher, ich warte hier am Wagen«, rief Johnson seinen Agents zu.

Nix und Winfied stiegen rasch aus dem Chrysler und liefen hinter Wilkinson her. Vom Eingangsbereich aus sahen sie, dass er am Ende der gigantischen Haupthalle bereits in einem der weiterführenden Gänge verschwand. Sofort setzten sie nach, bis die Verfolgung schließlich abrupt an einem Gleis endete und sie Wilkinson nur noch durch die gläsernen Fenster der entschwindenden Bahn nachblicken konnten.

»Verdammter Mist«, fluchte Winfied und lief mit Nix zum Ausgang des Bahnhofs zurück.

Mit Schweißperlen in den Gesichtern und außer Atem kamen sie wieder bei Johnson an, der bereits ungeduldig am Chrysler wartete.

»Wilkinson ist in die *Linie 6*, Richtung *Pelham Bay Park* eingestiegen. Wir haben die U-Bahn knapp verpasst«, sagte Jennifer Winfied enttäuscht.

»Los, steigt ein!«

»Richtung Norden«, sagte Johnson zu Hamilton.

Im nächsten Moment fielen die Autotüren zu.

»Das Signal des Senders aus Wilkinsons Koffer ist ausgefallen«, erklärte Johnson seinen beiden FBI-Agenten, noch bevor der Wagen mit quietschenden Reifen losfuhr.

***

Wilkinson wechselte einmal die U-Bahn, stieg in die *Linie 5* um und war sich dann sicher, nicht verfolgt zu werden. Während der Fahrt beobachtete er gelassen aber aufmerksam die anderen Fahrgäste. Neben ihm saß eine junge hübsche Frau, die In-Ear-Kopfhörer trug und aus denen relativ laut der Song *Empire state of mind* von Alicia Keys zu hören war. Wilkinson entspannte sich.

An der Haltestelle *Bronx Park East*, in der Nähe des Zoos, stieg Wilkinson aus und sah noch eine Weile zu einer Gruppe junger rappender Musiker hinüber, bevor er schließlich die Station verließ.

***

»Das Signal des Koffersenders ist wieder da! Unsere Zielperson hat soeben den Harlem River überquert und befindet sich in der Bronx, also mit Vollgas dorthin«, sagte Johnson und atmete einmal tief durch.

Jayden Hamilton, der in der Bronx aufgewachsen war, kannte sich hier gut aus. Johnson hatte Hamiltons Karriere in den letzten Jahren unterstützt und nun, mit Mitte 30, vertrauten beide einander. Hamilton steuerte den Chrysler mit Sireneneinsatz und ausgestellter Signaleinsatzleuchte souverän durch die New Yorker Straßen.

»Wilkinson muss die U-Bahn an der Haltestelle *Bronx Park East* verlassen haben, da sich das Signal nur noch langsam bewegt«, sagte Jennifer Winfied wenig später.

145

Als der Chrysler nur noch einige Hundert Meter von Wilkinson entfernt war, ordnete Johnson an die Sirene auszuschalten und das Blitzmodul wieder vom Dach zu nehmen.

»Da geht er mit seinem Aluminiumkoffer«, sagte Hamilton und reduzierte noch einmal die Geschwindigkeit des Chryslers.

In dem Moment marschierte Wilkinson auf den Hauseingang eines vierstöckigen Hochhauses zu, zog einen Schlüssel aus der Hosentasche und schloss die Eingangstür auf.

»Nette Umgebung. Hier haben bestimmt noch einige Gangs das Sagen und die Polizei kommt wahrscheinlich nur bei einem Einsatz in dieses Gebiet. Ideal um sich zu verstecken«, bemerkte Winfied naseweis.

Hamilton sah in den Rückspiegel und betrachte seine Kollegin mit leicht abschätziger Mine.

»Das Haus längere Zeit unbemerkt zu observieren, dürfte hier wohl nicht ganz einfach sein«, sagte Nix.

Johnson nahm sein Handy, wählte die Nummer der Einsatzzentrale und erläuterte dem diensthabenden Einsatzleiter kurz die Situation. »Also, schicken sie zur Beobachtung der Zielperson umgehend unseren Observierungstransporter her. Einen, der in dieser Gegend nicht auffällt, wenn ich bitten darf.«

**

Als Wilkinson gegen 19 Uhr seine Wohnung verließ, stiegen Johnson und Hamilton aus dem zwischenzeitlich eingetroffenen Überwachungsfahrzeug aus. In sicherem Abstand gingen sie Wilkinson unauffällig bis zur nächsten Haltestelle hinterher und bestiegen kurz darauf die einfahrende U-Bahn der *Line 5* Richtung Manhattan.

Um nicht ins direkte Blickfeld von Wilkinson zu kommen, nahmen Johnson und Hamilton in der halb vollen U-Bahn in einem sicheren Abstand zum Observierten ihre Plätze ein.

An der 86. Straße stieg Wilkinson aus, überquerte die verkehrsreiche Park Avenue und ging weiter Richtung Central Park. Unbemerkt folgten die beiden FBI-Agenten und sahen, dass Wilkinson auf den Eingang des *Metropolitan Museum of Art* zuging.

Johnson und Hamilton standen auf der anderen Seite der 5. Avenue und beobachteten das Geschehen. Auf den Stufen saß ein Mann, der sich nun erhob und auf Wilkinson zuging. Beide kannten sich offensichtlich, denn sie begrüßten sich auf eine freundschaftliche Weise. Johnson holte seine Digitalkamera hervor, zoomte das Bild auf maximale Größe und erkannte schließlich das Gesicht des Mannes.

»Das ist ja mal eine kleine Überraschung, Jack White und John Wilkinson kennen sich«, sagte Johnson und schoss rasch einige Bilder.

***

»Job erledigt«, sagte Wilkinson zur Begrüßung.

»Hi, John. Schön zu hören, dass alles geklappt hat«, erwiderte Jack White mit schmalem Lächeln. »Gehen wir einige Schritte, ich möchte alles Wissenswerte erfahren«, fuhr White fort und ging mit Wilkinson zunächst an der 5. Avenue in nördlich Richtung und dirigierte ihn dann in die 85. Straße zum Central Park. Wilkinson erzählte währenddessen die Details von den Geschehnissen in Dänemark. Vertieft in ihr Gespräch bogen sie eine Weile später in den East Drive und kamen schließlich am Obelisken an.

Johnson und Hamilton waren den beiden gefolgt und konnten nun beobachten, wie White einen Umschlag aus seinem Jackett zog und diesen Wilkinson überreichte. Johnson hatte seine Fotokamera auf die beiden gerichtet und konnte den Moment der Übergabe in einer Bilderserie festhalten.

Nach der Übergabe des Kuverts verabschiedete sich White von Wilkinson und beide gingen getrennter Wege.

Hamilton nahm die Verfolgung von Wilkinson auf und Johnson fuhr sogleich ins FBI-Office zurück.

***

Um 22 Uhr betrat Johnson sein Büro im FBI-Office und lud als Erstes die vor etwa einer Stunde aufgenommenen Bilder auf seinen Rechner. Anschließend rief er einen guten Freund und Spezialisten für die Überwachung von Telekommunikationseinrichtungen bei der National Security Agency an. Nach kurzem Small Talk bat Johnson ihn um Zusendung eines umfassenden Personenprofils, inklusive aller dienstlichen und persönlichen Internet- und Banktransaktionen sowie um eine vollständige Auflistung aller Telefongespräche, die Dr. Jack White bei OCEAN ENERGY von seinen Dienst- als auch Privattelefonen in den letzten zwei Jahren getätigt hatte. Mit dem Hinweis auf eine aktuelle Ermittlungstätigkeit beauftragte er zudem die sofortige Aufzeichnung aller weiteren Gespräche.

Nach einem leichten Zögern hörte Johnson schließlich am Ende der Leitung die erwünsche Zustimmung. Er beendete das Telefongespräch mit dem Hinweis, dass eine offizielle schriftliche Beantragung nachgereicht würde.

28. Kapitel

Kopenhagen, 6. August

Victoria Bohr bestieg in den frühen Morgenstunden in Kopenhagen ein Flugzeug der *SAS Scandinavian Airlines* und dachte über die bevorstehende Begegnung mit Ian Mackenzie nach. Das Bild des schwarzen Eisbären, dass sie einige Tage zuvor in der Wochenendausgabe des *Jyland-Postens* sah und das sich förmlich in ihr Gedächtnis eingebrannt hatte, schlich sich dabei immer wieder in ihre Überlegungen.

Um die Mittagszeit landete die Maschine auf Spitzbergen. Nachdem das Flugzeug seine Parkposition erreicht hatte, verließ Victoria die Maschine und erledigte die für die Einreise nötigen Formalien.

Nach Passieren des Ausganges ging sie zielstrebig auf einen Mann zu, der ein Schild mit ihrem Namen hochhielt, und stellte sich diesem vor: »Hallo, ich bin Victoria Bohr. Sind sie der Hubschrauberpilot, der mich zur *Titan 1* bringen wird?«

»Ja. Mein Name ist Kimi Lindstroem. Ian Mackenzie hat mich beauftragt Sie abzuholen und auch wieder sicher hierher zurückzubringen. Schön, Sie kennenzulernen. Hatten Sie eine angenehme Reise nach Longyearbyen?«

»Nun, es war ein ruhiger Flug, daher konnte ich sogar noch ein wenig schlafen.«

»Ausgezeichnet. Folgen Sie mir bitte zum Helikopter!«

»Fliegen noch weitere Personen mit uns?«, erkundigte sich Victoria.

»Nein, Sie sind mein einziger Fluggast. Sie können daher im Hubschrauber neben mir im Cockpit Platz nehmen. Der Wetterbericht sagt bei Temperaturen um null Grad nur wenig Bewölkung voraus, daher haben wir gute Rahmenbedingungen für die weitere Reise.«

Im Terminal der Helikoptergesellschaft zog sich Victoria in den Umkleiden die vorgeschriebene Polarspezialkleidung an, bevor Lindstroem sie zum Hubschrauber dirigierte. Victoria stieg ein und setzte sich auf den Sitz neben dem Piloten. Anschließend setzte sie sich die Kopfhörer auf, platzierte das Mikrofon vor ihrem Mund und testete die Sprechverbindung zum Piloten.

Lindstroem holte die Starterlaubnis ein und keine fünf Minuten später flogen sie los.

Nach einer Stunde Flugzeit beobachtete Victoria am Horizont aufsteigende Rauchwolken und wandte ihren Kopf mit leicht verwunderter Mine zum Piloten.

»Kann es sein, dass auf der Bohrinsel eine Fackel brennt?«

»Das glaube ich nicht«, sagte Lindstroem.

»Wieso?«

»In der Nähe der Bohrplattform wurde doch vorgestern ein an der Wasseroberfläche schwimmender kleiner Ölteppich angezündet, wahrscheinlich ist noch nicht alles verbrannt.«

»Wie bitte? Könnten sie auf dem Weg zur Bohrinsel einen kleinen Schwenk über diese brennende Stelle machen?«, bat Victoria.

»Tut mir leid, ich habe den Auftrag sie direkt zur *Titan 1* zu fliegen«, erwiderte Lindstroem.

Viktoria strich durch ihr brünettes Haar und sah den Piloten mit ihren rehbraunen Augen an.

»Hat man Ihnen gesagt, dass ich im Klima- und Energieministerium der dänischen Regierung arbeite? Als Genehmigungsbehörde haben wir hier hoheitliche Aufsichtspflichten wahrzunehmen und daher fordere ich Sie hiermit auf, meiner Bitte nachzukommen.«

Mit prüfendem Blick sah Kimi Lindstroem Victoria an. »Okay, dieser eindringlichen Bitte will ich dann mal entsprechen«, willigte er zögernd ein.

Schweigend erreichten sie 20 Minuten später die Stelle auf dem offenen Meer, an der das brennende Rohöl mit dunkel emporsteigendem Rauch zu sehen war. In sicherer Entfernung konnte Victoria ein Schiff erkennen, das ebenfalls diesen Brand beobachtete. Victoria griff zu ihrem Fotoapparat und drückte einige Male auf den Auslöser.

»Danke, nun können wir zur Bohrinsel weiterfliegen.«

Lindstroem flog im lang gestreckten Bogen direkt auf die *Titan 1* zu. Als sie näher kamen, sah Victoria noch einen weiteren Öltanker, der sich in unmittelbarer Nähe befand.

Einige Minuten später landete der Hubschrauber auf dem mit einem Kreuz markierten Platz. Der Motor wurde ausgeschaltet und die Rotorblätter verringerten zusehends ihre Geschwindigkeit.

John Stevens, der Sicherheitschef der Bohrplattform, stand am Rande des Landeplatzes und beobachtete das schon so oft erlebte Szenario mit routinierter Gelassenheit.

Victoria Bohr verabschiedete sich mit einem freundlichen Lächeln von Kimi Lindstroem, stieg aus dem Hubschrauber und ging in leicht gebückter Haltung auf Stevens zu.

Nach kurzer Begrüßung, verbunden mit einem kräftigen Händedruck, begleitete der Sicherheitschef Victoria zum nahegelegenen Schulungsraum, öffnete die Eingangstür und bedeutete ihr, am lang gezogenen Tisch Platz zu nehmen.

»Hier bekommen alle neu ankommenden Personen die obligatorischen Sicherheitsunterweisungen. Gestern haben die Arbeiten zum Austausch des Bohrlochverschlusses begonnen. Dadurch haben wir momentan deutlich mehr Servicepersonal hier auf der Bohrinsel, das ebenfalls unterwiesen wird«, sagte Stevens.

»Die Unterweisungen werden sicherlich, wie auch die Anwesenheit aller auf der Bohrinsel befindlicher Personen, ordentlich dokumentiert, oder?«

»So ist es. In der ständig besetzten Stelle wird alles elektronisch erfasst«, antwortete Stevens.

»Ist ihr Kollege Nils Nasch gegenwärtig auf der Plattform?«, erkundigte sich Victoria.

Den Bruchteil einer Sekunde zögerte Stevens, bevor er die Frage mit einem »Ja« beantwortete.

»Ich möchte mit Herrn Nasch während meines Aufenthaltes hier sprechen, könnten Sie das bitte arrangieren?«

»Natürlich. Gibt es einen besonderen Grund?«, hakte Stevens nach.

»Nein, nein, ich habe nur einige kurze Fragen an ihn«, sagte Victoria eher beiläufig.

Stevens hielt inne und begann dann mit der dreißigminütigen Sicherheitsunterweisung. Anschließend begleitete er Victoria Bohr zu Ian Mackenzies Büro.

Mackenzie stand am Fenster und starrte aufs Meer, als Victoria um 15 Uhr das Büro betrat. Gedankenverloren drehte er sich um und musterte sie mit einem durchdringenden Blick.

»Hallo Frau Bohr, ich freue mich, Sie hier begrüßen zu können, wenngleich ich mir einen besseren Anlass dafür gewünscht hätte. Bitte, nehmen Sie Platz«, sagte Mackenzie und deutete auf einen der beiden vor seinem Schreibtisch stehenden Schwingstühle.

»Danke. Wie stet es um die Sicherheit der Bohrplattform? Welche Schäden sind aufgrund des Vorfalls genau entstanden und sind die diesbezüglichen Reparaturen schon abgeschlossen?«, erkundigte sich Victoria direkt.

Nun muss die Wahrheit auf den Tisch, dachte Mackenzie, während er in einem Stapel von Papieren kramte und schließlich zwei Bilder des Tauchroboters vor Victoria ausbreitete.

Victoria Bohr betrachtete die Aufnahmen.

»Der deformiert Bereich des holen Schwimmsteges, der die beiden Standbeine der Bohrinsel verbindet, sieht nicht besonders gut aus«, sagte Victoria besorgt.

»Das betroffene Segment wurde abgeschottet, damit ist laut Aussage unserer Techniker die Stabilität der Bohrplattform bis zum Abschluss der diesjährigen Arbeiten gewährleistet. Die Reparatur und eine Generalinspektion der Gesamtanlage sind für Ende des Jahres fest eingeplant«, versicherte Mackenzie und blickte Bohr dabei beharrlich ins Gesicht.

»Spricht etwas dagegen, dass wir zur Verifizierung und Absicherung dieser Bewertung zusätzlich die Meinung eines international anerkannten Experten einholen?«, fragte Victoria blickfest zurück.

»Nein, absolut nicht!« Mackenzie wusste, dass es aussichtslos war, diesen Vorschlag abzulehnen und so befürwortete er das Gesagte zähneknirschend.

»Laufen die Arbeiten am Meeresgrund zur Wiederherstellung der Bohrungsintegrität planmäßig?«, erkundigte sich Victoria weiter.

»Dank guter Vorbereitungen läuft gegenwärtig alles nach Plan. Unser ferngesteuerter Tauchroboter überträgt die Bilder der Reparaturarbeiten live vom Grund des Meeres in unseren Ereignisraum, in dem sich unsere zentrale Koordinierungsstelle befindet. Von dort werden die Daten auch auf meinen Rechner übertragen.«

Mackenzie drehte den auf dem Schreibtisch stehenden Monitor um, sodass Victoria einen guten Blick darauf hatte.

»Gestern wurde die aus dem Meeresboden herausragende Verrohrung mit einem geraden Sägeschnitt abgetrennt. Wie sie sehen können, wird momentan ein etwa dreieinhalb Meter langes neues Rohrende angeschweißt, sodass anschließend ein neuer Bohrlochkopf angebracht und der BOP aufgesetzt werden kann«, erläuterte Mackenzie.

»Mit der im Rohrende steckenden Sonderkonstruktion wird das austretende Öl und Gas von der Schweißnaht ferngehalten und zu der etwas oberhalb schwebenden Auffangglocke abgeleitet, oder?«, fragte Victoria.

»Gut beobachtet«, stellte Mackenzie anerkennend fest. »Das Erdgas wird dann von der Auffangglocke über eine flexible Leitung zur Bohrinsel geleitet und hier über vorhandene Anlagen abgefackelt. Das Öl-Wasser-Gemisch wird mittels Pumpen durch eine zweite Leitung ebenfalls an die Oberfläche zu dem bereitstehenden Öltanker befördert und später abtransportiert«.

»Wieso haben sie kürzlich ausgetretenes und auf der Meeresoberfläche schwimmendes Öl in Brand gesetzt?«, fragte Victoria plötzlich.

Mackenzie blickte sie einen Moment sprachlos an, obwohl er die Frage erwartet hatte. »Dr. White hat mir vor drei Tagen mitgeteilt, dass ein Expertenteam bei OCEAN ENERGY die Auswirkungen des Erdöls auf die Umwelt geprüft habe. Im Ergebnis hielt man ein kontrolliertes Abbrennen für die beste Option. Aufgrund des ausreichenden Sicherheitsabstandes zwischen der Bohrplattform und dem Ölteppich sowie günstiger Windrichtung, bat er mich während des Telefonates kurzfristig einen Test zu unternehmen.«

»Vor drei Tagen hatte ich auch meinen Besuch hier auf der Bohrinsel angekündigt. So ein Zufall«, sagte Victoria bissig.

»Ich bin selbstverständlich davon ausgegangen, dass diese Maßnahme mit den Aufsichtsbehörden abgestimmt war«, fügte Mackenzie seinen vorangegangenen Ausführungen hinzu.

Dieser Nachsatz klang in Victorias Ohren allerdings nicht sehr glaubwürdig.

»Über dieses Vorgehen werde ich mich mit Dr. White alsbald noch einmal ausführlich unterhalten müssen. Ihnen untersage ich hiermit ausdrücklich die Fortführung derartiger Tests. Alle Fragen, die im Zusammenhang mit dem Naturschutz und den Maßnahmen zur Beseitigung des ausgelaufenen Erdöls zu tun haben, bedürfen einer schriftlichen Zustimmung unseres Ministeriums«, betonte Victoria unmissverständlich.

»Verstanden«, bestätigte Mackenzie.

»Was hat eigentlich die weitere Suche nach dem verschwundenen Supervisor, Alan Collins, ergeben?«

Auf diese Frage war Mackenzie nicht vorbereitet. »Nach drei Tagen haben wir die Suche eingestellt. Wir gehen mittlerweile von einem tragischen Unglück aus. Vermutlich ist er in den Ozean gestürzt und ertrunken«, sagte er sachlich.

In dem Moment klopfte es und Sicherheitschef John Stevens spähte durch die halb geöffnete Tür. »Entschuldigen Sie die Störung, Mr. Mackenzie. Frau Bohr bat um ein Gespräch mit Nils Nasch. Ich habe ihn gleich mitgebracht.«

»Schicken Sie ihn rein«, sagte Mackenzie sichtlich überrascht.

»Sind Sie mit einer kurzen Befragung einverstanden?«, erkundigte sich Bohr mit einem Blick zu Mackenzie.

»Natürlich.«

Victoria reichte Nasch zur Begrüßung die Hand und bot ihm den freien Stuhl neben sich an.

»Sie haben uns als Mitarbeiter der Sicherheitsabteilung die Meldung über den verschwundenen Supervisor zukommen lassen. Können Sie noch etwas über das mysteriöse Verschwinden und Ihre Suchaktion berichten?«, erkundigte sich Bohr.

Schüchtern und voller Respekt schaute Nasch zu Mackenzie, der kaum wahrnehmbar nickte. »Nachdem Alan Collins verschwunden war, haben wir die gesamte Bohrplattform abgesucht. Mr. Mackenzie hat höchstpersönlich die Suche unterstützt und mit dem Helikopter die Umgebung absuchen lassen. Leider ohne Erfolg. Mittlerweile gehen wir von einem tragischen Unglück aus.«

Den letzten Satz hatte sie doch schon einige Minuten zuvor von Mackenzie gehört. Das roch nach Absprache, fand Victoria. Sie hatte schon früh gelernt, dass sich nahezu alle Menschen stets in einem positiven Licht darstellen möchten und daher auf unbequeme Aussagen verzichten. Daher versuchte sie zwischen dem Gesagten auch das Unausgesprochene, zuweilen auch das Verschwiegene einer Antwort zu erkennen. Ihre ausgeprägte Empathie hatte ihr dabei schon manches Mal geholfen, die Wahrheit zu erkennen.

»Was wissen Sie über das Privatleben des verschwundenen Supervisors?«, fragte Victoria weiter.

»Alan Collins wurde vor sechs Jahren geschieden. Kinder hat er keine und auch seine Eltern sind seit geraumer Zeit tot. Da es bislang keine Nachfragen zu seiner Person gab, scheint ihn niemand zu vermissen«, antwortete Nasch ohne Umschweife.

Victoria blickte in das ausdruckslose Gesicht von Mackenzie. Offensichtlich war für die Verantwortlichen der Bohrplattform die Angelegenheit abgeschlossen.

»Ich habe noch eine persönliche Frage an Herrn Nasch, die ich gerne unter vier Augen erörtern möchte«, sagte Victoria. Sie ahnte, dass sie in Gegenwart von Ian Mackenzie nicht sehr viel Neues in Erfahrung bringen würde.

»Natürlich, Sie können den Besprechungsraum nebenan nutzen«, antworte Mackenzie und zeigte auf die offenstehende Tür.

Als Victoria die Tür hinter sich geschlossen hatte, sah sie Nasch an. »Alles, was Sie mir jetzt erzählen, bleibt unter uns. Niemand hier auf der Bohrinsel wird etwas davon erfahren, darauf haben Sie mein Wort«, sagte Victoria.

Nasch nickte.

»Können Sie mir bitte ehrlich sagen, wie das Verhältnis zwischen Alan Collins und Mackenzie war?«

»Nun, Alan Collins war ein sehr erfahrener und umsichtiger Mensch, der bei sämtlichen Bohrarbeiten stets alle Sicherheitsvorschriften einhielt. Mr. Mackenzie dauerte vieles zu lange, daher gab es öfter Streit zwischen den beiden. Nicht selten endeten die Gespräche in einer lautstarken Auseinandersetzung.«

»… aus der Mackenzie als Gewinner hervorging?«, ergänzte Victoria Bohr.

»Natürlich, er ist der Plattformmanager.«

»Wie würden sie Mackenzie charakterisieren?«

Nasch überlegte eine Weile.

»Ian Mackenzie ist wortgewandt, ausgesprochen ehrgeizig und versteht es sich nach außen gut zu präsentieren. Andererseits ist er egoistisch und setzt seine Ziele zumeist rücksichtslos um. Kritik kann er überhaupt nicht vertragen und ist da überempfindlich. Ich habe den Eindruck, dass er unfähig ist, sich in andere hinein zu fühlen, sonst würde er sich humaner verhalten. Einige Kollegen werden regelmäßig angeschrien und empfinden seine Angst schürende Verhaltensweise als ausgesprochen unangenehm.«

Victoria Bohr schaute einen Moment aus dem Fester und dachte über das Gesagte nach. Die Charakterisierung traf auf Narzissten zu, die nicht selten in exponierten Positionen zu finden waren.

»Hatten Sie aufgrund der aufgetretenen Spannungen den Eindruck, dass Mackenzie Alan Collins als Supervisor ablösen wollte?«

»Ich sag mal so: Gegen einen fügsameren Mitarbeiter hätte er sicher nichts gehabt.«

»Glauben Sie an einen Unfall?«, fragte Victoria Bohr nun geradewegs.

»Möglich ist alles, aber tatsächlich habe ich nichts Relevantes gesehen und kann somit zur Aufklärung nichts beitragen, sorry.«

»Mr. Nasch, vielen Dank für die offenen Worte. Lassen Sie uns nun wieder nach nebenan gehen.«

Mackenzie stand von seinem Schreibtisch auf und schritt auf Bohr und Nasch zu.

»Können wir jetzt zur Krisenstabssitzung gehen?«, fragte Victoria Bohr.

»Ja, ich habe nur auf sie gewartet«, bestätigte Mackenzie kurz.

Nils Nasch verabschiedet sich und Mackenzie begleitete Bohr in den Ereignisraum, der sich am Ende des Flures befand.

»Ich werde der ermittelnden Polizeidienststelle mitteilen, dass Sie die Suche nach Alan Collins abgeschlossen haben und von einem Unfall ausgehen. Alle weiteren Schritte und Formalien werden dann von dort veranlasst«, sagte Victoria Bohr nebenbei.

Nach der Besprechung mit Vertretern des Krisenstabes reiste Victoria Bohr am Abend desselben Tages wieder ab.

29. Kapitel

Kopenhagen, 7. August

Knud Nyrup hatte für Mittwochvormittag um zehn Uhr ein Statusgespräch im Kopenhagener Polizeipräsidium angesetzt, um die jüngsten Entwicklungen zu besprechen. Sein Chef Erik Olsen betrat mit Per Hammond leicht verspätet das Besprechungszimmer. Sie begrüßten Clara Andersen und Nyrup, bevor sie am Tisch Platz nahmen.

»Es gibt interessante Erkenntnisse vom FBI aus New York, daher sollten wir gleich damit starten.« Olsen blickte nickend zu Hammond und forderte ihn mit einem »Bitte!« auf, die Ergebnisse bekannt zu geben.

Aufmerksam und mit gespannter Mine blickten alle Anwesenden zu Per Hammond, der noch damit beschäftigt war, das Kabel des auf dem Tisch stehenden Beamers mit seinem mitgebrachten Laptop zu verbinden.

Hammonds Auftreten ist beeindruckend und undurchschaubar, nahezu die perfekte Inkarnation eines Geheimdienstmitarbeiters, dachte Andersen und beobachtet einmal mehr sein elegantes und souveränes Verhalten.

»Andrew Johnson vom FBI hat mir gestern aufschlussreiche Information zugesandt. In den Dokumenten steht, dass Dr. Jack White den Auftragskiller John Wilkinson kennt. Die beiden haben sich am fünften August, also vorgestern in New York getroffen. Während dieser Begegnung konnte Johnson das gleich zu sehende Foto aufnehmen«, sagte Hammond und tippte auf einige Tasten seines Laptops. Sekunden später übertrug der Projektor das Bild auf die Leinwand.

Hammond schaute in erstaunte Gesichter und fuhr nach einem Moment der Sprachlosigkeit mit seinen Ausführungen fort: »Bei dem Treffen im Central Park wurde ein Kuvert von White an Wilkinson übergeben. Das FBI vermutet, dass sich Geld darin befunden haben könnte, das Wilkinson für gewisse Dienstleistungen erhalten hat. Außerdem haben wir vor circa einer Stunde noch Daten zu der DNA von John Wilkinson erhalten«, sagte Hammond mit einer Intonation, die den Wert der Information unterstreichen sollte.

»Dann sollten wir unverzüglich die auf Ole Seebergs Hemd gefundene Haarschuppe inklusive dem kurzen bünetten Haar mit den genetischen Spuren von Wilkinson vergleichen«, sagte Nyrup, da ihm sofort klar war, was das bedeutete.

»Das sehe ich auch so. Daher habe ich die vom FBI übermittelte E-Mail zu den DNA-Daten bereits an Sie alle weitergeleitet. Die Nachricht sollte Ihnen inzwischen vorliegen. – Die letzte Information, die ich von Johnson aus New York erhalten habe, ist auch höchst interessant. Clara, sie hatten mir doch vor etwa zwei Wochen einige Angaben zu dem auf der Bohrinsel verschwundenen Supervisor Alan Collins und dem verantwortlichen Plattformmanager Ian Mackenzie zukommen lassen.«

»Ja«, sagte Andersen schnell, ohne den Blick von Hammonds scheinbar allwissenden Augen zu wenden.

»Ich hatte die Daten anschließend an das FBI weitergereicht. Zur Aufklärung des Verschwindens von dem Supervisor bat ich um Mittelung zu verdächtigen oder ungewöhnlichen Vorgängen zwischen Ian Mackenzie und Dr. Jack White«, fuhr Hammond in seinen Ausführungen fort. »Nach dem Zusammentreffen von White und dem aktenkundigen Auftragskiller

Wilkinson in New York hat das FBI offensichtlich alle geheimdienstlichen Möglichen genutzt, um insbesondere Dr. White unter die sprichwörtliche Lupe zu nehmen.«

Per Hammond unterbrach seinen Redefluss, griff zum Glas und trank einen Schluck Wasser.

»Zwei Informationen wurden uns hierzu übermittelt, die vom FBI als möglicherweise hilfreich eingestuft wurden. Erstens: OCEAN ENERGY hat am ersten Juni 2013 ein Konto auf den Kaimaninseln eingerichtet und 500.000 Dollar eingezahlt. Zugang zu diesem Konto haben Dr. Jack White und Ian Mackenzie. Der Tag der Kontoeröffnung war übrigens auch der Tag, an dem die Bohrarbeiten auf der *Titan 1* im Hoheitsgebiet Grönlands begonnen haben. Zweitens: Vor zwei Tagen wurde ein Telefongespräch zwischen Mackenzie und Dr. White von den amerikanischen Geheimdiensten aufgezeichnet, in dem sich die beiden über den kürzlich stattgefundenen Besuch von Victoria Bohr auf der Bohrinsel unterhielten. Während des Telefongespräches fragte White Folgendes, ich zitiere: *Kann man ihnen irgendetwas in Bezug auf AC nachweisen?* Mackenzie habe wörtlich geantwortet: *Das ist absolut ausgeschlossen!* Mit *AC* dürfte Alan Collins gemeint sein«, sagte Hammond. »Außerdem hat Mackenzie gefragt, ob das finanzielle Arrangement für die zwei Bohrungen aufgrund des Unglücks nun hinfällig sei. Dr. White habe geantwortet: *Das werden wir bei unserem nächsten Treffen noch einmal besprechen. Ein angemessenes Gentleman-Agreement haben wir doch immer gefunden und außerdem erwarte er schon bald eine Fortsetzung der Aktivitäten.* Gerichtlich verwertbar sind diese letztgenannten Informationen allerdings nicht.« Hammond lehnte sich im Stuhl leicht zurück.

»Beeindruckend, was die amerikanischen Geheimdienste herausgefunden haben. Nun gilt es jedoch diese Informationen strukturiert zu einem Gesamtbild zusammenzufügen. Nehmen wir mal an, Wilkinson hat Ole Seeberg im Auftrag von Dr. White ermordet, welches Motiv könnte er dafür gehabt haben ihn auszuschalten?« fragte Olsen in die Runde.

Nyrup ergriff das Wort: »OCEAN ENERGY beabsichtigt die Ausweitung der Explorationstätigkeiten in der Arktis. Ole Seeberg wurde von Dr. White höchstwahrscheinlich unter Druck gesetzt, weitere Bohrungen schnellstmöglich zuzustimmen. Seeberg wollte nach der ersten erfolgreich niedergebrachten Explorationsbohrung zunächst eine umfassende Bewertung vornehmen, bevor er einer weiteren strategischen Entwicklung in der Arktis zugestimmt hätte. Mit diesem Vorgehen wollte er sicherstellen, dass die Belange des Naturschutzes in angemessenem Maße eingehalten würden. Bei meinem letzten Besuch im Klima- und Energieministerium habe ich von Frau Bohr außerdem erfahren, dass die zweite Bohrung an bestimmte Bedingungen geknüpft ist. So wurde neben der Einhaltung aller Sicherheitsvorschriften ein Zeitfenster für die Bohrarbeiten für die Sommermonate Juni bis September festgelegt. In dieser Zeit geht dort die Sonne nicht unter und der Ozean ist normalerweise nicht zugefroren. Vor-Ort befindliche Eisbrecher sollen zudem Gefährdungen wie Eisgang von der schwimmenden Bohrinsel fernhalten.«

Olsen unterbrach Nyrup. »Das heißt, nur unter hohem Zeitdruck und Einhaltung der Genehmigungsauflagen für die zweite Bohrung hätten die Arbeiten noch dieses Jahr durchgeführt werden können?«

»Richtig. Um dieses Ziel zu erreichen, hat Dr. White zum einen Ole Seeberg bestochen, wie wir aus der E-Mail von Dr.

White, datiert auf den 18. Januar 2013, wissen. Darin heißt es, dass Seeberg einen vereinbarten Geldbetrag für die Genehmigung von *zwei* Explorationsbohrungen erhalten hat. Zum anderen hat Dr. White offensichtlich auch Druck auf Mackenzie, den Manager der Bohrinsel ausgeübt oder ist mit ihm eine spezielle Abmachung eingegangen, die mit einer gesonderten Vergütung verbunden ist. Für diesen Zweck wurde wohl auch dieses Konto auf den Kaimaninseln eingerichtet. Durch den eingeschleusten Trojaner auf Ole Seebergs Rechner wusste Dr. White zudem stets über alle seine Schritte Bescheid. Als er mitbekommen hatte, dass Seeberg Kontakt zu Anna Lundbye aufgenommen hatte, um mit Unterstützung von Greenpeace die Genehmigung für die zweite Bohrung in diesem Jahr nicht mehr erteilen zu können, somit quasi verhindern wollte, haben die beiden unbewusst ihr eigenes Schicksal besiegelt. Dr. White hat dann wohl den Auftragskiller Wilkinson beauftragt, die beiden zu beseitigen«, sagte Nyrup.

Einen kurzen Moment schwiegen alle.

»Neben Ole Seeberg ist doch Victoria Bohr ebenfalls für die Genehmigung der Bohrvorhaben in der Arktis zuständig. Ist sie möglicherweise auch einen Deal mit Dr. White eingegangen? Da sie als mögliche Nachfolgerin von Seeberg infrage kam, wäre das unter Umständen für Dr. White eine bessere Ausgangssituation gewesen, oder? Können wir denn ausschließen, dass die beiden außer den beruflichen Berührungspunkten kein engeres privates Verhältnis miteinander haben?« fragte Olsen mit ernsthaftem Unterton.

»Ja, mit hoher Wahrscheinlichkeit können wir das«, antwortete Clara selbstbewusst. »Während unseres Aufenthaltes in New York war sie stets auf Distanz zu Dr. White und ich bin mir sicher, dass das nicht gespielt war.«

»Deal oder kein Deal – Dr. White dachte anscheinend, dass er von Victoria Bohr schneller die Genehmigung für die zweite Bohrung bekommen hätte. Prüft das noch einmal«, sagte Olsen.

»Natürlich, obwohl ich bislang auch den Eindruck hatte, dass Frau Bohr unabhängig und zielstrebig ihre eigenen Entscheidungen trifft«, erwiderte Nyrup nachdrücklich.

»Haben wir mittlerweile herausgefunden, wie viel Geld Ole Seeberg von Dr. White erhalten hat und wofür es verwendet wurde?« schob Olsen hinterher.

»Welchen Betrag Ole Seeberg erhalten hat, konnten wir leider nicht ermitteln«, antwortet Clara Andersen. »Fest steht aber, dass die Seebergs keine außerordentlichen Bewegungen auf ihren privaten Konten hatten und OCEAN ENERGY in dem infrage kommenden Zeitraum keine signifikanten Zahlungen an das dänische Klima- und Energieministerium überwiesen hat. Daher muss Ole Seeberg das Geld in bar erhalten haben.«

Clara Andersen übergab eine Kostenaufstellung an Olsen. »Frau Seebergs Lebertransplantation, die im Ausland vorgenommen wurde, hat nach unseren Recherchen einschließlich aller Nebenkosten rund 124.000 Dollar gekostet. Wir gehen davon aus, dass Ole Seeberg das von Dr. White erhaltene Geld für die Operation seiner Frau verwendet hat. Andere finanzielle Möglichkeiten standen offensichtlich nicht zur Verfügung. Durch die noch vorhandene relativ hohe Hypothek auf das Wohnhaus der Seebergs bekamen sie auch von ihrer Hausbank keinen weiteren Kredit. Der Verlust ihres Eigenheims hätte Frau Seeberg mit all seinen Folgen zusätzlich belastet, daher blieb Ole Seeberg letztendlich nur noch dieser Weg, das Leben seiner Frau zu retten.«

»Damit wäre das Motiv von Ole Seeberg schlüssig geklärt«, resümierte Olsen.

Nyrup räusperte sich. »Dann sollten wir noch einmal auf Anna Lundbye zurückkommen. Während meines Besuches bei Greenpeace hat Frau Lundbye mir bestätigt, dass sich Ole Seeberg bewusst an sie gewandt hatte. Durch gezielte Greenpeace-Aktionen sollte die weltweite Meinung gestärkt werden, die Suche nach Erdölvorkommen in der sensiblen arktischen Region durch Bohrungen nur unter allerhöchsten Sicherheitsauflagen zuzulassen. Mit diesem öffentlichen Druck hätte Seeberg ein hilfreiches Argument gehabt, einer zweiten Bohrung in diesem Jahr nicht zustimmen zu können. Da aber auch Lundbyes Laptop mit dem Tag ihrer Ermordung verschwunden ist, kann nur vermutet werden, dass wir auf diesem eine Bestätigung für die Kommunikation zwischen Ole Seeberg und ihr gefunden hätten oder dieser möglicherweise sogar mit Spyware von Dr. White versehen war. Letztendlich hat Dr. White dieses taktische Manöver offensichtlich durchschaut und die unbequeme Greenpeace-Aktivistin höchstwahrscheinlich ebenfalls umbringen lassen. Einen Beweis haben wir dafür jedoch noch nicht. Lundbye hat mir zudem erzählt, dass Seeberg ihr vom rauen Umgangston und der verschwundenen Aufsichtsperson auf den Bohrinsel berichtet habe. Ole Seeberg soll das merkwürdig vorgekommen sein«, fasste Nyrup zusammen.

»Fragen sie bei Frau Bohr noch einmal nach, ob es zu dem unauffindbaren Supervisor eventuell etwas Neues gibt«, sagte Olsen.

»Natürlich. Außerdem kümmere ich mich nach der Besprechung unverzüglich um den DNA-Abgleich. Bei einer Übereinstimmung wäre der Beweis erbracht, dass Wilkinson tatsächlich am Unfallort war«, antwortete Nyrup.

30. Kapitel

Kopenhagen, 7. August

Bepackt mit einer Einkaufstüte voller Lebensmittel, schloss Clara Andersen gegen 18.30 Uhr die Eingangstür zu ihrer Wohnung auf, als ihr Smartphone unerwartet klingelte.

»Hallo, was gibt´s?«, meldete sie sich, ohne auf das Display zu schauen.

»Hi, hier ist Jack!«

»Das ist ja eine echte Überraschung«, sagte Andersen, wobei ihr beinahe das Telefon aus der Hand gefallen wäre.

»Ich habe schon zu lange nichts mehr von dir gehört und möchte dich gerne wiedersehen, Clara.«

Blitzartig gingen Clara Andersen tausend Gedanken gleichzeitig durch den Kopf. Als Erstes dachte sie an das heutige Statusgespräch im Polizeipräsidium, das jeden privaten Kontakt mit Verdächtigen in einem Mordfall kategorisch ausschloss. Andererseits, überlegte sie, könnte es doch für die Ermittlungen von Vorteil sein etwas von Jack Whites Plänen zu erfahren, falls sich die Indizien gegen ihn erhärteten. Außerdem könnte sie ihm das Gefühl geben, dass die Polizei bei den laufenden Ermittlungen nichts Wesentliches herausgefunden hätte. Somit könnte White sich in einer scheinbaren Sicherheit wiegen. Und dann waren da natürlich noch die Erinnerungen an die aufregenden Stunden in New York.

»Bist du in New York?«, fragte Andersen schließlich.

»Noch. Aber in 24 Stunden werde ich in Kopenhagen sein«, sagte White verheißungsvoll.

»Wirklich? Wie lange wirst du hier bleiben?«

»Wahrscheinlich nicht sehr lange, aber ein gemeinsamer Abend mit dir wäre wundervoll. Außerdem wäre ich wahnsinnig gerne der Grund für deine nächste schlaflose Nacht«, hauchte Jack White ins Telefon.

Clara Andersen räusperte sich vielversprechend. »Das klingt aufregend.«

»Können wir uns morgen gegen neunzehn Uhr treffen? Kopenhagen hat bestimmt viele romantische oder auch geheimnisvolle Plätze. Hast du eine Idee? Vielleicht irgendwo am Wasser?«

»Am Öresund, bei der kleinen Meerjungfrau«, sagte Andersen, ohne lange nachzudenken.

»Von der habe ich schon gehört, sie ist berühmt, aber so schön wie du ist sie bestimmt nicht.«

»Charmeur!«

»Ich freue mich. Also abgemacht. Dann bis morgen Abend«, entgegnete White und beendete das Telefonat.

»Warte«, sagte Andersen noch schnell, aber die Leitung war schon unterbrochen.

31. Kapitel

Kopenhagen, 8. August

Als Nyrup am Donnerstagvormittag mit seinem Wagen ins Kommissariat fuhr, regnete es Bindfäden vom Himmel.

Wenige Minuten nach der Ankunft im Büro erhielt er einen Anruf aus der Gerichtsmedizin: »Hallo Knud, unsere Spezialisten für genetische Untersuchungen haben heute Nacht intensiv an dem DNA-Vergleich gearbeitet. Das jetzt vorliegende Ergebnis bestätigt, dass die vom FBI zugesandten Daten von John Wilkinson mit der auf Ole Seebergs Hemd gefundenen Haarschuppe beziehungsweise mit dem brünetten Haar identisch sind«, verkündete Laborleiter Dr. Edvard Blomberg.

»Kein Zweifel?«

»Nein. Die Übereinstimmung beträgt einhundert Prozent. Ich habe dir den Bericht eben per E-Mail zugeschickt.«

»Damit haben wir den Beweis, dass Wilkinson tatsächlich am Unfallort war und wahrscheinlich vorsätzlich den Tod von Ole Seeberg herbeigeführt hat.«

»Falls du dich erkenntlich zeigen möchtest, hätten meine Kollegen sicherlich nichts gegen eine kleine Aufmerksamkeit in Form einer kubanischen Cohiba«, sagte Dr. Blomberg fröhlich.

»Vielen Dank, Edvard. Ich werde über deine kleine Anmerkung nachdenken«, antwortete Nyrup und legte auf. Dann öffnete er den gerade elektronisch eingetroffenen Bericht und las noch einmal aufmerksam die Zusammenfassung.

In dem Moment betrat Hammond Nyrups Büro. »Gibt's was Neues?«

»In der Tat. John Wilkinson ist jetzt nachgewiesenermaßen unser Mann. Ich habe gerade den Bericht aus der Gerichtsmedizin erhalten.«

»Ausgezeichnet. Leiten sie die E-Mail bitte gleich an mich weiter, dann informiere ich unverzüglich das FBI. Die sollen Wilkinson sofort festnehmen und verhören. Vielleicht lässt sich Wilkinson auf einen Deal ein.«

»An was für einen Deal denken Sie dabei?«, fragte Nyrup.

»Strafmilderung, wenn er zugibt, im Auftrag von Dr. Jack White vorsätzlich den Unfall mit Todesfolge an Ole Seeberg ausgeführt zu haben. Solche Vereinbarungen haben schon häufig die Zunge von so manchem schweren Jungen gelockert«, antwortete Hammond.

»Hört sich erst einmal gut an. Nur bedauerlich, dass wir keine Beweise gefunden haben, mit denen wir Wilkinson auch mit dem Mord an Anna Lundbye in Verbindung bringen können. Vielleicht haben wir auch irgendetwas übersehen?«

»Wenn Wilkinson erst einmal in U-Haft ist, werden wir schon herausfinden, ob er Lundbye mit einem Kopfschuss umgebracht hat. Bis später«, sagte Hammond und verließ das Büro.

Nyrup sendete den Bericht umgehend an Hammond und in Kopie an Erik Olsen sowie Clara Andersen weiter. Dann griff er zum Hörer und rief Victoria Bohr an.

»Bohr!«

»Knud Nyrup. Guten Morgen Frau Bohr!«

»Hallo, Herr Kommissar. Wie kommen Sie mit dem Fall voran?«

»Nun, wir ermitteln noch in verschiedene Richtungen. Deshalb rufe ich auch an, um zu erfahren, ob es Neuigkeiten zu dem Supervisor gibt?«

»Der Manager der Offshoreplattform, Ian Mackenzie, hat die Suche nach Alan Collins eingestellt. Er vermutet, dass Collins im Ozean ertrunken ist, und stuft das Geschehene offiziell als tragisches Unglück ein. Damit ist die Sache für Mackenzie abgeschlossen«, sagte Victoria Bohr ruhig.

»Sieht Dr. White von OCEAN ENERGY das auch so?«

»Das weiß ich nicht, aber wenn er morgen hier ist, werde ich ihn fragen«, antwortet Victoria Bohr.

»Dr. White ist morgen in Kopenhagen?«

»Ja. Wir werden die Situation rund um die Offshoreplattform und das weitere Vorgehen in der arktischen Region detailliert besprechen.«

»Wann findet dieses Meeting genau statt? Wissen Sie, ob Dr. White allein kommt?«, erkundigt sich Nyrup weiter.

»Der Besprechungsbeginn in unserm Ministerium ist für zehn Uhr vorgesehen. Auf der Tagesordnung stehen komplexe Themen, daher wird die Veranstaltung den ganzen Tag andauern. Vorsorglich haben wir sogar noch einen weiteren Tag eingeplant. Die Vertreter von OCEAN ENERGY reisen im Privatjet an, so wurde es uns gestern zumindest mitgeteilt. Dr. White wird voraussichtlich mit zwei weiteren Kollegen teilnehmen.«

»Interessant!«

»Kann ich sonst noch etwas für Sie tun, Herr Nyrup?«

»Im Moment nicht. Vielen Dank und auf Wiedersehen«, sagte Nyrup und betätigte die Unterbrechertaste auf dem Telefon.

32. Kapitel

New York, 8. August

Noch vor der Frühbesprechung sah Andrew Johnson im FBI-Office an seinem PC die eingegangene Post durch und erblickte dabei Hammonds E-Mail. Er druckte die Nachricht aus und nahm sie mit zum Acht-Uhr-Briefing. Johnson erzählte von Neuigkeiten aus Dänemark und las die entscheidende Passage aus der E-Mail von Per Hammond laut vor: »Der DNA-Vergleich hat bestätigt, dass die vom FBI zugesandten Daten von John Wilkinson mit der auf Ole Seebergs Hemd gefundenen Haarschuppe, inklusive brünettem Haar, identisch sind. Wilkinson ist sofort festzunehmen und zu verhören. Die hiesige Polizei und der dänische Geheimdienst gehen davon aus, dass Ole Seeberg als leitender Mitarbeiter im dänischen Klima- und Energieministerium vorsätzlich von Wilkinson ermordet wurde. Auftraggeber ist höchstwahrscheinlich Dr. Jack White von OCEAN ENERGY. Für seine Festnahme wäre Wilkinsons Geständnis unbedingt erforderlich. Möglicherweise kann man Wilkinson eine Abmilderung des Strafmaßes in Aussicht stellen, um den Auftraggeber so bald wie möglich verhaften zu können … Interessant. Offensichtlich glaubt die dänische Polizei, dass Dr. White der Drahtzieher hinter allem sein könnte«, sagte Nix.

»Dann brauchen wir jetzt einen brillanten Plan, um John Wilkinson festzunehmen«, entfuhr es Jennifer Winfied unvermittelt.

»So ist es. In seinem Wohnblock in der Bronx ist er vermutlich im Vorteil, da er dort jeden Winkel und alle Fluchtwege genau kennt. Wir sollten zudem davon ausgehen, dass er eine Schusswaffe besitzt. Ein Überraschungszugriff ohne Gefährdung weiterer Personen wäre die beste Option. Wenn Wilkinson jedoch mitbekommen sollte, dass er observiert wird, sinken unsere Chancen deutlich«, begann Johnson.

»Warum nehmen wir ihn nicht gleich fest, wenn er sein Haus verlässt?«, fragte Jennifer Winfied spontan.

Überrascht sahen Johnson, Nix und Hamilton sie mit fragender Mine erwartungsvoll an.

»Momentan steht doch unser Observierungstransporter vor Wilkinsons Wohnblock. In diesem Fahrzeug könnten wir ein kleines Team von Spezialisten verbergen. Wenn Wilkinson das Haus verlässt und wir ihn kurzzeitig ablenken, könnte eine Festnahme gelingen«, erläuterte Winfied ihr geplantes Vorgehen.

Den Bruchteil einer Sekunde war absolute Stille, dann sprach Jennifer Winfied weiter: »Ich möchte Ihnen eine kleine Geschichte erzählen: Als passionierter Jäger hat mein Großvater schon vielen Tieren, unter Auslegung eines Köders, erfolgreich eine Falle gestellt. Sein Leitsatz lautete: *Je leichter der Gang, desto leichter der Fang.* Damit meinte er, wenn ein Tier in gewohnter Weise ungehindert seiner Wege gehen kann, wird es einen ausgelegten Köder als solchen nicht erkennen und sich neugierig darüber hermachen. Dann schnappt die Falle zu. Vielleicht klappt die Taktik auch in unserem Fall.«

»Warum nicht. Ein einfacher Plan, der dennoch erfolgreich sein könnte«, unterstützte Nix den Vorschlag.

»Okay, ich spreche mal mit dem Einsatzleiter des hiesigen SWAT-Teams. Wenn die kein zu großes Risiko sehen, sollten wir es probieren«, sagte Johnson.

***

Um nicht aufzufallen, fuhren Johnson, Hamilton und Winfied in einem Zivilfahrzeug gegen zehn Uhr New Yorker Zeit zu Wilkinsons Wohnung. Dort angekommen fuhr Hamilton den mit abgetönten Scheiben ausgestatteten Ford Escape zunächst im langsamen Tempo am Haus vorbei und hielt dann vor einem kleinen Geschäft an, das sich in Sichtweite befand. Über Funk ordnete Johnson dann den geplanten Austausch des Observierungsfahrzeuges an.

Eine Viertelstunde später stand der neue Transporter vor Wilkinsons Haustür und der SWAT-Einsatzleiter meldete sich kurz bei Johnson: »Fahrzeug steht auf Position!«

»Okay. Wilkinson hat das Haus zwischenzeitlich nicht verlassen. Der Zugriff erfolgt nach Ihrer Anweisung. Wir beobachten die Situation von hier aus und schalten uns nur bei Bedarf in die Festnahme ein«, bestätigte Johnson umgehend.

Zwei als Monteure verkleidete Polizisten stiegen aus der Fahrerkabine des Transporters, gingen zum hinteren Ende des Fahrzeuges und öffneten eine der beiden rückwärtigen Türen. Während sie eine Werkzeugkiste und einige Baumaterialien entnahmen, sahen sie einen Moment zu den fünf Einsatzkräften des SWAT-Teams. Die saßen mit Joe Nix und einem Spezialisten für Observierungstechnik einsatzbereit im Transporter und beobachteten über versteckte Kameras den Zugangsbereich zum Haus sowie das übrige Geschehen um das Fahrzeug herum.

Nachdem die hintere Fahrzeugtür Sekunden später wieder geschlossen wurde, verlor ein Monteur absichtlich ein Portemonnaie. Einige Münzen und Kreditkarten verteilten sich auf der Straße. Dann gingen die verkleideten Polizisten zum Hauseingang, verschafften sich Zutritt und drangen unbemerkt in den Technikraum im Keller ein.

Während der nächsten Stunde verließ nur ein junges Paar das observierte Wohnhaus, ohne besondere Notiz von dem Einsatzfahrzeug zu nehmen. Dann ging die Haustür erneut auf und John Wilkinson trat heraus. Er sah einen Moment dem regen Verkehr zu, bevor sein Blick auf den Observierungstransporter mit dem Schriftzug COMFORT AIR CONDITIONING SYSTEMS fiel. Ohne weiter darüber nachzudenken, ging John Wilkinson die Stufen hinab.

Auf dem Bürgersteig angekommen, zündete er sich eine Zigarette an und sah zu den am Boden liegenden Münzen, die durch die Reflexion der Sonnenstrahlen glänzten. Nach einem kurzen Blick zu beiden Seiten der Straße schritt Wilkinson auf die funkelnden Geldstücke zu. Als er zwischen den auf der Straße stehenden Fahrzeugen stand, erblickte er auch die Geldbörse, beugte sich nach unten und griff danach.

In dem Moment öffneten sich explosionsartig die beiden Flügeltüren des Observierungstransporters. Die fünf Männer des SWAT-Teams sprangen aus dem Fahrzeug, stürzten sich auf Wilkinson und legten ihm nach einem kurzen Kampf Handschellen an. Sie beförderten den gefesselten Wilkinson sofort in den Transporter, schlossen die Hintertüren und fuhren direkt zurück zum FBI.

Nach der Abfahrt des Transporters rückte der Einsatzleiter das Headset-Mikrofon dichter an seinen Mund. »Auftrag ausgeführt, Zielperson festgenommen, keine Verletzten«, sagte er selbstbewusst.

»Gut gemacht«, antwortet Johnson anerkennend.

***

In der New Yorker FBI-Zentrale wurde Wilkinson zum Erkennungsdienst gebracht. Nachdem Profilfotos, Fingerabdrücke und die üblichen personenbezogenen Daten aufgenommen waren, wurde er in den Vernehmungsraum geführt.

Zwanzig Minuten später betrat Johnson das Zimmer und begann mit dem Verhör. Keine der Fragen wurde jedoch beantwortet. Wilkinson saß stumm auf seinem Stuhl und ließ alles regungslos an sich abprallen.

»Sie werden beschuldigt, Ole Seeberg am 15.07.2013 in Kopenhagen umgebracht zu haben. Wir haben eindeutige Beweise, die keinen Zweifel lassen. Wenn Sie uns Ihren Auftraggeber nennen, könnte sich ein Geständnis günstig auf das Strafmaß auswirken. Die schriftliche Anklage wird gegenwärtig noch verfasst, aber ohne eine baldige Aussage wird es keine Möglichkeiten für eine Strafmilderung geben. Haben Sie hierzu etwas auszusagen?« fragte Johnson erneut.

Wilkinson schluckte schwer und starrte auf den Tisch. »Vor einem Gespräch mit einem Anwalt sage ich nichts«, erwiderte Wilkinson.

»Den werden Sie auch brauchen«, meinte Johnson und verließ den Vernehmungsraum.

John Wilkinson wusste, dass er die nächsten Stunden den Verhörraum nicht verlassen würde. Er starrte die kahlen Wände an und fühlte tief im Inneren die Wut gegen sich selbst hochkommen, dass ihm trotz des professionellen Vorgehens ein folgeschwerer Fehler unterlaufen ist.

***

Etwa fünf Zeitzonen von New York entfernt landete am späten Nachmittag des 8. August der Firmenjet von OCEAN ENERGY auf dem internationalen Flughafen der dänischen Hauptstadt in Kopenhagen-Kastrup. Nachdem die Tür der *Bombardier Challenger 300* geöffnet wurde, stieg Jack White als Erster aus der Maschine. Ihm folgten der Firmenjurist Alexander Marshall und der leitende Geophysiker für die Aktivitäten in der Arktis, William Davis.

Nachdem die Einreiseformalitäten erledigt waren, stiegen sie gemeinsam in ein Taxi und fuhren Richtung Innenstadt zum Hotel *D'Angleterre*. Marshall und Davis stimmten in der Lobby noch die Uhrzeit für das gemeinsame Abendessen im Hotel ab.

White hatte seine beiden Kollegen bereits im Flugzeug über ein privates Treffen in Kopenhagen informiert, daher verabschiedete er sich von seinen beiden Kollegen. Anschließend ging er ins Hotelzimmer, duschte und zog sich legere Kleidung an. Für die Fahrt zur *Kleinen Meerjungfrau* im Hafen von Kopenhagen stieg Jack White gegen 18 Uhr in ein Taxi und genoss die kurzweilige Fahrt durch die Innenstadt.

***

In ihrer Kopenhagener Wohnung hatte Clara Andersen bereits am späten Nachmittag desselben Tages ein Vollbad genommen und an die bevorstehende Begegnung mit Jack White gedacht. Die Frage, ob es sich dabei um ein professionelles Verhalten einer Kommissarin handelte, stellte sich ihr gegenwärtig nicht mehr. Clara Andersen zog sich elegante, rot gemusterte Unterwäsche und ein äußerst attraktives Outfit an, das der Fantasie viel Freiraum gab. Sie schminkte sich dezent und fuhr anschließend ebenfalls in den Hafen.

Als sie an der berühmten Skulptur an der Promenade ankam, sah sie Jack White bereits von Weitem.

»Hallo«, sagte Clara Andersen, als sie näher kam.

»Hi Clara, schön dich zu sehen«, erwiderte White und begrüßte sie mit einem freundschaftlichen Kuss. »Ich habe mir eure kleine Meerjungfrau schon eine Weile angeschaut und kann feststellen, dass sie auch mit ihren hundert Jahren immer noch beeindruckend gut aussieht. Einen Vergleich mit dir möchte ich gleichwohl nicht wagen, aber du siehst wirklich umwerfend aus.« White lächelte.

»Danke für dein Kompliment. In welchem Hotel übernachtest du?«, erkundigte sich Andersen.

»Im *D'Angleterre*«, antwortete White.

»Wow, eine der besten Adressen hier in Kopenhagen. Da haben schon Präsidenten, Künstler und Popstars gewohnt.«

»Nun, das Leben ist kurz, daher sollte man doch die Annehmlichkeiten genießen, die sich einem bieten, oder?«

»Natürlich. Ich habe übrigens eine Reservierung für das *Noma*, ein exquisites Restaurant hier im Hafenbereich, das hoffentlich ebenfalls nach deinem Geschmack ist. Die mehrgängigen Menüs verwöhnen mit kulinarischen Köstlichkeiten sämtliche Sinne und die angebotenen Weine sind erstklassig. Sozusagen ein guter Start für einen perfekten Abend. Bevor wir dorthin gehen, würde ich jedoch gerne noch ein wenig an der Uferpromenade spazieren gehen, zumal wir noch etwas Zeit haben«, sagte Andersen.

»Hört sich gut an«, entgegnete White und blickte ihr einen Moment zu lange in die Augen.

»Wie viele Tage bleibst du in Kopenhagen?«

»Wahrscheinlich nur ein bis zwei Tage, je nachdem, wie lange die Gespräche im Ministerium dauern.«

»Dann hoffe ich für uns, dass sie lange dauern«, fügte Anderson rasch hinzu.

»Was machen eigentlich eure Ermittlungen zum Tode von Ole Seeberg? Habt ihr den Fall aufgeklärt?«, fragte White gleichgültig.

»Die Untersuchungen dauern noch an. Besonders viel haben wir nicht herausgefunden, aber eigentlich darf ich mit dir nicht darüber sprechen«, erwiderte Andersen bedacht.

»Ich weiß natürlich, dass ihr aus Vertraulichkeitsgründen keine Details verraten dürft. Durch die früheren beruflichen Kontakte mit Herrn Seeberg bleibt jedoch ein gewisses Interesse bestehen«, rechtfertigte White seine Nachfrage.

»Hattest du schon Gelegenheit, unsere kleine Festung anzuschauen?«, fragte Andersen, um die Anspannung wieder abzubauen.

»Bedauerlicherweise nicht, aber vielleicht können wir das einmal gemeinsam nachholen.«

»Das wäre sehr schön. Die 1667 fertiggestellte Festung ist ein beliebtes Ausflugsziel und nicht wenige Kopenhagener gehen gerne auf dem sternförmigen Wall spazieren. Falls du dir aber lieber das alte Gefängnis ansehen möchtest, können wir unseren Rundgang auch im Inneren beginnen«, bemerkte Andersen lächelnd.

White blickt sie an. »Die Besichtigung des Gefängnisses könnte mit dir unter Umständen spannend sein, aber ansonsten meide ich diese Etablissements lieber.«

»Das hier drüben ist übrigens der *Gefionbrunnen*. Man sagt, dass hier Wünsche wahr werden«, erzählte Clara Andersen. »Du darfst deinen Wunsch aber nicht aussprechen, sonst geht er nicht in Erfüllung«, ergänzte sie rasch.

Sie sahen sich an und spürten ihre Herzschläge.

»Wollen wir uns jetzt auf den Weg zum *Noma* machen?«, fragte Clara.

»Sehr gerne!«, stimmte White zu.

Keine halbe Stunde später saßen sie im Restaurant und genossen ein mehrgängiges Menü. Während des Abendessens äußerte Clara Andersen ihren Wunsch, anschließend noch im D'Angleterre an der Bar einen Cocktail zu trinken.

Zu später Stunde und recht angetrunken landeten sie schließlich in Jack Whites Zimmer.

33. Kapitel

Kopenhagen, 9. August

Im Klima- und Energieministerium war Victoria Bohr am Morgen noch mit letzten Vorbereitungen für die angesetzte Besprechung beschäftigt, als ihr Mobiltelefon klingelte und die Empfangsdame ihr mitteilte, dass die drei Herren der Firma OCEAN ENERGY eingetroffen wären.

»Ich verständige Anna Jacobsen, die Assistentin unseres Ressortleiters. Sie wird die Herren gleich abholen«, sagte Viktoria und dankte für die Benachrichtigung.

Einige Minuten vor zehn Uhr öffnete Anna Jacobsen die Tür zum Besprechungszimmer, das modern eingerichtet war und in dem ein Beamer bereits eine Leinwand erhellte. Dr. Jack White, Jurist Alexander Marshall und der Geophysiker William Davis betraten den Raum. Victoria Bohr wartete schon mit Ras Asmussen, dem Pressesprecher Jan Petersen und Maria Engelsdorf als Expertin aus dem Umweltreferat.

Nach einer kurzen Begrüßung und Vorstellungsrunde gingen alle zum Konferenztisch aus Wurzelholz, auf dem Kaffee, Tee und einige Kaltgetränke bereitstanden. Als alle saßen, gab Victoria einen Überblick über den geplanten Tagesablauf. Anschließend bat sie Dr. White die Ereignisse, die sich seit der Kollision der *Explorer S8* mit der *Titan 1* zugetragen haben, chronologisch darzustellen.

Jack White schloss erst noch seinen mitgebrachten Laptop am Beamer an und startete dann mit der Präsentation der Geschehnisse: »Die Arbeiten für die erste Explorationsbohrung im grönländischen Bassin wurden bekanntermaßen am 1. Juni auf der *Titan 1* aufgenommen. Erfreulicherweise sind wir in einer Teufe von 2.037 Metern fündig geworden und konnten die Bohrarbeiten erfolgreich am 25. Juli beenden. Ein Tag später hat das russische Atom-U-Boot *Explorer S8* aus bislang ungeklärten Gründen die Offshoreplattform gerammt. Nach dieser Kollision ist das U-Boot samt Besatzung auf den Meeresboden gesunken, auf dem Blowout Preventer der Explorationsbohrung aufgeschlagen und hat diesen schwer beschädigt. Wahrscheinlich war es unser Glück, dass der Bohrstrang kurz zuvor noch aus dem Bohrloch ausgebaut wurde und die Absperrarmaturen geschlossen waren. Vermutlich wären die Reparaturmaßnahmen sonst wesentlich umfänglicher, schwieriger und natürlich auch finanziell aufwendiger gewesen. Bedauerlicherweise lag die *Explorer S8* anschließend direkt auf dem beschädigten Bohrlochverschluss und versperrte die Zugänglichkeit zur Bohrung, aus der zudem kleine Mengen an Erdöl austreten konnten.«

Jack White atmete einmal durch und sah flüchtig in die Runde, bevor er seine Ausführungen fortsetzte.

»Durch die dankenswerte Intervention der dänischen Stellen und die zügige Kooperationsbereitschaft der russischen Regierung, war das Bergungs-U-Boot *Rescue 18* für die Rettungsmaßnahmen bereits vier Tage später bei der *Titan 1* und konnte die *Explorer S8* erfolgreich heben. Nach den letzten uns vorliegenden Informationen befinden sich beide U-Boote gegenwärtig auf dem Weg nach Russland.«

White griff zum Glas, trank einen kleinen Schluck Wasser und sprach dann weiter: »Zur Herstellung der technischen Integrität der Bohrung wurde inzwischen der alte Bohrlochverschluss samt beschädigter Verrohrung entfernt und ein neues Rohrende angeschweißt. Die Arbeiten wurden durch eine Kamera aufgenommen und live vom Meeresgrund in den Ereignisraum der Offshoreplattform übertragen. Wenn ich richtig informiert bin, konnte sich Frau Bohr durch einen jüngst erfolgten Besuch von diesen Aktivitäten persönlich einen kleinen Eindruck verschaffen.«

White schaute Victoria Bohr an, die nickte und dachte, wie gut Jack White doch über alles informiert war.

»Ein neuer Bohrlochkopf inklusive Sicherheitsarmaturen ist aufgesetzt. Nach Beendigung einiger noch ausstehender Montagearbeiten, erfolgen umgehend alle vorgeschriebenen Sicherheitsprüfungen«, erläuterte White zufrieden.

»Wie steht es um die Sicherheit und den Zustand der Offshorebohrplattform?«, erkundigte sich Asmussen.

»Nun, ein Segment im Unterbau wurde bei der Kollision leicht beschädigt. Die Techniker auf der *Titan 1* sind der Ansicht, dass die Stabilität bis zum Abschluss der diesjährigen Arbeiten uneingeschränkt gewährleistet ist. Zur Überprüfung der Sicherheit werden kommende Woche noch einige Experten des Plattformherstellers und ein international anerkannter Sachverständiger eine eingehende Untersuchung durchführen«, erklärte White.

»Hört sich gut an. Wer ist dieser Sachverständige?« hakte Victoria Bohr nach.

»Den Namen teilen wir Ihnen umgehend mit, sobald wir seine Zusage schriftlich vorliegen haben«, räumte White ausweichend ein.

»Sofern dieser Sachverständige einen anerkannt guten Leumund hat, werden wir seine Expertise höchstwahrscheinlich

184

anerkennen. Nachdem unser Ministerium den Abschlussbericht des Sachverständigen geprüft hat, erhalten Sie von uns die Freigabe für weitere Bohr- beziehungsweise Fördertätigkeiten. Aus Sicherheitsgründen ruhen bis dahin die Aktivitäten. Da sind wir uns doch hoffentlich einig, oder?« fragte Asmussen ruhig.

Jack White schaute zu Alexander Marshall, der augenscheinlich keine Alternative sah und zustimmend mit den Augen zwinkerte sowie kaum wahrnehmbar nickte.

»Einverstanden«, antwortet White schließlich.

»Wie hoch schätzen sie die ausgetretene Erdölmenge und warum haben Sie den Teil, der auf der Wasseroberfläche schwamm, ohne Rücksprache mit uns in Brand gesetzt?«, fragte Maria Engelsdorf frostig.

»Derzeitig ist eine Bewertung der ausgetretenen Mengen schwierig. Die Wasseroberfläche, auf der sich das Erdöl verteilt hat, schätzen wir näherungsweise auf wenige Quadratkilometer.«

Engelsdorf unterbrach White: »Haben Sie Satellitenbilder ausgewertet oder woher haben Sie diese Erkenntnisse?«

»Unsere Spezialisten haben sich das Gebiet um die Bohrinsel mittels Helikopter genau angeschaut und sich dadurch einen relativ genauen Überblick von der Gesamtsituation verschafft«, behauptete White eiskalt und fuhr sogleich mit seinen Erklärungen fort: »Nach einigen Laboruntersuchungen wollten wir kurzfristig einen kleinen Test durchführen, um unter Realbedingungen zu sehen, ob kontrolliertes Abbrennen des Erdöls eine gute Option zur Beseitigung der eingetretenen Umweltschäden ist. Günstige Windbedingungen und ausreichender Sicherheitsabstand zur Plattform gaben ausgezeichnete Rahmenbedingungen für einen kleinen Feldversuch ab.«

»Dr. White, Sie müssten doch sehr genau über die hohe ökologische Sensibilität der arktischen Region und den entsprechenden Naturschutz Bescheid wissen. Nicht nur die Vertreter von Greenpeace hatten im Rahmen des Genehmigungsverfahrens auf die Folgen eines solchen Unfalls hingewiesen. Bevor Sie uns von dem Ergebnis des Erdölabfackelns berichten, sei hiermit bereits angemerkt, dass Ihr eigenmächtiges Vorgehen absolut inakzeptabel ist«, sagte Maria Engeldorf souverän und sah Jack White dabei gelassen ins Gesicht.

Alle Anwesenden konnten sehen, wie White innerlich explodierte. In dieser Art und Weise von einer jungen Frau gemaßregelt zu werden, war für ihn normalerweise nicht hinnehmbar. Er schluckte und fuhr dann beherrscht fort.

Danach ergriff Ras Asmussen das Wort: »Dr. White, haben Sie vielen Dank für die Erklärungen, die darauf hindeuten, dass ein kontrolliertes Abfackeln des auf der Wasseroberfläche schwimmenden Erdöls zumindest teilweise möglich ist. Ich möchte den Vertretern von OCEAN ENERGY dennoch unmissverständlich und nachdrücklich mitteilen, dass die Zuständigkeit für alle umweltrelevanten Entscheidungen und Maßnahmen beim dänischen Klima- und Energieministerium liegt und weitere Alleingänge beziehungsweise Verstöße empfindliche Folgen haben werden.«

»Wir werden uns zukünftig strikt daran halten«, bestätigte Alexander Marshall rasch, um die Wogen wieder etwas zu glätten.

»Dr. White, eine weitere Frage möchte ich Ihnen noch stellen: Schließen Sie und Ihre Experten aus, dass aus der Bohrung ausgetretenes Erdöl mit den Tiefenströmungen unter die eisbedeckten Gebiete oder die Eisberge gelangt und dort nachhaltige

Schädigungen im Ökosystem hinterlässt?«, fragte Maria Engelsdorf.

Nach einem kurzen Moment der absoluten Stille im Raum antwortet White relativ leise: »Mit Sicherheit ausschließen lässt sich das nicht, obwohl wir dieses Szenario nicht erwarten.«

Maria Engelsdorf blickte in die Runde und sah in stumme und nachdenkliche Gesichter.

»Dann kommen wir jetzt zu den rechtlichen Vorgängen und somit zu den staatsanwaltlichen Ermittlungen sowie dem Untersuchungsausschuss, der bereits seine Tätigkeiten zur Feststellung der Unfallursache aufgenommen hat. Nach Abschluss der Arbeiten wird voraussichtlich in einem Gerichtsverfahren über die Schuldfrage entschieden. Im Nachhinein werden wir im Klima- und Energieministerium ebenfalls im Rahmen der Zuständigkeiten und Verantwortlichkeiten überlegen, welche Konsequenzen dieser Vorfall hat beziehungsweise welche Maßnahmen zur Erhöhung der Sicherheitsaspekte gegebenenfalls ergänzend umgesetzt werden müssten«, sagte Asmussen ruhig.

»Der Zusammenstoß wurde durch ein russisches U-Boot herbeigeführt. Daher gehen wir davon aus, dass die Verantwortlichen aus Russland auf jeden Fall vorgeladen werden. Der Verursacher müsste nach unserer Ansicht auch für alle entstandenen Kosten aufkommen«, bemerkte White ohne Umschweife.

»So einfach ist das nicht. Der Unfall ereignete sich zwar im Hoheitsgebiet von Dänemark, aber ein russischer Regierungsvertreter hat schon schriftlich mitgeteilt, dass die Rahmenumstände, die letztendlich zu dem Unfall geführt haben, nicht durch Russland zu vertreten sind. Weitere Unterstützung zur

Aufklärung des Vorfalls wurde zwar angekündigt, jedoch haben sie uns auch wissen lassen, dass nach ihrer Ansicht ein dänisches Gericht in dieser speziellen Angelegenheit nicht zuständig ist«, erklärte Petersen.

»Wurden diese Rahmenumstände konkret benannt?«

»Ja. Ein Stahlseil mit wissenschaftlichen Messgeräten, das sich in der Antriebsschraube des U-Bootes verwickelt hatte, soll die Ursache für den Unfall gewesen sein.«

Victoria Bohr und Jack White sahen sich an. Beide dachten kurz an die E-Mail von Ian Mackenzie, in der U-Boot-Kapitän Alexander Bonin erstmalig davon sprach.

»Haben Sie eine Erklärung, warum sich diese Messapparaturen dort im Wasser befanden?«, erkundigte sich Marshall weiter.

»Ja, die habe ich tatsächlich. Wissenschaftler von einem europäischen Forschungsinstitut haben nämlich in den Gewässern zwischen Grönland und Spitzbergen eine Vielzahl von Messketten installiert, um festzustellen, wie viel Wasser aus dem Atlantik in die Arktis strömt und wie sich der Klimawandel auswirkt. Diese Messleinen sind zum Teil mehrere Kilometer lang und mit einem Gewicht auf dem Meeresboden verankert. Daran hängen unter anderem Geräte zur Messung der Strömung, Temperatur und des Salzgehaltes sowie eine Vielzahl von Auftriebskörpern«, erklärte Victoria Bohr.

»Interessant. Und die russischen Stellen haben keine Kenntnis von diesen Messleinen?«, fragte Marshall weiter.

»Nach meinen bisherigen Erkundigungen wohl nicht«, bestätigte Victoria Bohr kurz.

»Ihren detailreichen Schilderungen zufolge vermute ich, dass Sie bereits Gelegenheit hatten, mit einem Vertreter des

Forschungsinstituts zu sprechen. Liege ich da richtig?«, fragte Marshall weiter.

»Das stimmt. Gestern habe ich mit dem Institutsleiter ein Telefonat geführt und dabei erfahren, dass für dieses Forschungsprojekt Haftungsansprüche ausgeschlossen sind. Er sprach in dem Zusammenhang von einer vertraglichen Regelung mit einer sogenannten *Force-majeure-Klausel*, die das Forschungsinstitut bei höherer Gewalt und Unzumutbarkeit vollständig freistellt. Allerdings bin ich kein Jurist, daher wird letztendlich ein Gericht das prüfen und hierüber entscheiden müssen.«

»Wenn das Forschungsinstitut Haftungsansprüche ausschließt, die russischen Stellen sich ähnlich geäußert haben und zudem ein dänisches Gericht nicht anerkennt, dann kommen wohl nur noch international anerkannte Gerichtsbarkeiten infrage, oder?« resümierte Marshall.

»Da wir uns in dänischem Hoheitsgebiet befinden, ist für uns eigentlich klar, dass ein dänisches Gericht zuständig ist, dennoch prüfen unsere Juristen gegenwärtig alle Optionen«, sagte Petersen.

Ras Asmussen sah auf seine Armbanduhr. »Lassen sie uns die Besprechung nach dem Lunch fortsetzen. Für Ihr leibliches Wohl haben wir uns erlaubt, ein kleines Menü mit Spezialitäten aus unserer Region vorzubereiten. Es steht für uns im Raum nebenan bereit«, sagte Asmussen und lud alle ein, ihm dorthin zu folgen.

***

Um die Mittagszeit desselben Tages erhielt Per Hammond eine
E-Mail, die er sofort öffnete und las:

An: Per Hammond, PET Kopenhagen
Von: Andrew Johnson, FBI New York
Nach seiner Festnahme hat John Wilkinson im Verhör vor einer
Stunde gestanden, im Auftrag von Dr. Jack White den Mord an
Ole Seeberg begangen zu haben. Dieses Geständnis kam aller-
dings nur nach vorangegangener Abstimmung mit seinem An-
walt zustande, der für seine Aussage als Kronzeuge, im Prozess
gegen White eine mildere Strafe ausgehandelt hat.
Nach unseren Informationen hält sich Dr. Jack White derzeit in
Kopenhagen auf. Für die Abstimmung des weiteren Vorgehens
bitten wir um unverzügliche Rücksprache.
A. Johnson

Hammond griff zum Telefon und verständigte Knud Nyrup, der
gerade mit Clara Andersen eine Pizza aß.

Während Nyrup noch kaute, hörte er Hammond aufmerksam
zu.

»Das FBI liegt richtig mit dem Aufenthaltsort von White.
Ich habe gestern von Victoria Bohr erfahren, dass Dr. White
mit einigen Kollegen von OCEAN ENERGY für eine heute
stattfindende Besprechung im Klima- und Energieministerium
nach Kopenhagen gekommen ist«, sagte Nyrup schließlich zu
Hammond.

»Ich werde gleich einen Haftbefehl besorgen. Können wir in
etwa zwanzig Minuten mit einigen weiteren Einsatzkräften

zum Klima- und Energieministerium fahren?« fragte Hammond.

»Ich werde genügend Verstärkung dabei haben«, erwiderte Nyrup bestimmt.

In Kurzform unterrichtet Nyrup sogleich Andersen von den Neuigkeiten und der getroffenen Absprache, die sie ja teilweise bereits mitbekommen hatte.

Clara Andersen wurde totenblass.

»Ist dir nicht gut?«, fragte Nyrup.

»Doch, doch, das Essen ist mir nur gerade etwas auf den Magen geschlagen«, antwortete sie ausweichend.

Einen Atemzug lang dachte Clara Andersen noch an den gestrigen Abend mit Jack White und die berauschende Nacht. Dann war sie wieder zurück in der Realität und wurde sich dieser unerwarteten Wendung bewusst.

***

Als Jack White, seine Kollegen sowie die Vertreter vom dänischen Klima- und Energieministerium nach dem Mittagessen wieder im Besprechungszimmer zusammensaßen, startete Victoria Bohr ihre vorbereitete Powerpoint-Präsentation. Zum Erstaunen aller wurden zwei nebeneinander befindliche Fotos gezeigt.

»Auf der linken Seite sehen sie einen schwarzen Schwan und rechts daneben das Bild von einem schwarzen Eisbären, das vor einigen Tagen in unmittelbarer Nähe der *Titan 1* aufgenommen und im *Jyland-Posten* auf dem Titelblatt veröffentlich wurde«, sagte Victoria und sah erwartungsgemäß in irritierte

Gesichter. Zudem spürte sie eine besondere Aufmerksamkeit. »Bis ins 17. Jahrhundert waren die Europäer überzeugt, dass es nur weiße Schwäne gibt. Dann wurden in Australien jedoch schwarze Schwäne entdeckt und man musste die diesbezüglich manifestierte Anschauung korrigieren. – Nun, was hat es mit diesem Gleichnis auf sich?« fragte Victoria rhetorisch.

Am Besprechungstisch machten Blicke ohne Worte die Runde.

»Der libanesische Philosoph und Mathematiker Nassim Nicholas Taleb hat in seinem Buch *Der Schwarze Schwan – Die Macht höchst unwahrscheinlicher Ereignisse* aufgezeigt, dass in verschiedenen Bereichen plötzlich Ereignisse mit extremen Auswirkungen außerhalb der üblichen Vorstellungskraft auftreten können, die unvorhersehbar das menschliche Leben oder den Verlauf der Dinge verändern. Dabei trifft es alle Beteiligte stets unvorbereitet, wenngleich diese Ereignisse, von Taleb als *Schwarze Schwäne* tituliert, im Nachhinein erklärt werden können. Die Historie hat gezeigt, dass sich solche unerwarteten Begebenheiten, mit all ihren außerordentlichen Folgen und Belastungen, viel häufiger ereignen, als wir denken. Ich gehe mal davon aus, dass niemand der hier Anwesenden dieses unwahrscheinliche Ereignis der Kollision eines U-Boots mit einer Offshoreplattform jemals in Erwägung gezogen hat.«

Victoria warf einen weiteren Blick in die Runde.

»Offensichtlich haben wir die Komplexität beim Bohren nach Erdöl in der schwierigsten aller Region auf unserem Kontinent noch nicht umfassend verstanden, daher sollten wir alle Aspekte noch einmal in Ruhe überdenken«, sagte Victoria Bohr.

»Das sehe ich nicht so!«, brachte White energisch hervor. »Wir haben doch gezeigt, dass durch exzellente Vorbereitung, erfahrene Servicefirmen und professionelle Teams die Integrität der Bohrung schnell wieder hergestellt werden konnte.«

»Und was ist mit dem Erdöl, das in der Arktis herumschwimmt?«, fragte Maria Engelsdorf lapidar.

»Wie sich dieser ökologische Schaden auswirken wird, ist von angesehenen Wissenschaftlern bislang nicht hinreichend erforscht worden und daher nur ansatzweise bewertbar. Der Eisbär mit dem erdölbedeckten Fell sollte für uns ein Zeichen, eine Mahnung für einen noch sensiblen Umgang mit der Natur und seinen Schätzen sein«, fuhr Victoria Bohr mit ihren Ausführungen fort.

Ein kurzer Piepton eines Handys störte unerwartet ihren Vortrag.

Jack White griff in sein Jackett, zog das Smartphone heraus und sah, dass ein unbekannter Teilnehmer ihm eine SMS zugeschickt hatte:

Gefahr. Das FBI hat mich verhaftet. Anhand gefundener DNA-Spuren kann man mir den Mord an Seeberg nachweisen. Die Polizei wird dich festnehmen. PR.

White verharrte bei den letzten beiden Buchstaben – *PR* ... er wusste nur zu gut, dass diese für *Perry Richard* alias John Wilkinson standen. Dann las er die Nachricht ungläubig noch einmal.

Wilkinson muss diese Warnung aus der Untersuchungshaft über das Handy seines Anwalts verschickt haben. Aber wieso soll mich die Polizei festnehmen? Hierfür konnte es eigentlich nur einen Grund geben: *Der hat mich verraten!,* dachte White schockiert.

Wie in Trance rauschte in den nächsten Minuten die Besprechung an Jack White vorbei, da er alle Möglichkeiten und Konsequenzen durchspielte. Dann tippte White eine Nachricht in sein Smartphone, gerichtet an den Piloten des Firmenjets von OCEAN ENERGY, der sich in ständiger Bereitschaft befand: *In etwa einer Stunde Abflug nach New York. Sofort alle Vorbereitungen treffen und die Startgenehmigung einholen.*

Nun galt es die wohl noch mehrere Stunden dauernde Besprechung so schnell wie möglich zu verlassen, ohne die wahren Motive für den sofortigen Aufbruch preiszugeben. Ein akzeptabler Grund wäre ein gesundheitliches Problem. Nicht besonders originell, aber vermutlich unverdächtig. Hierzu täuschte White Übelkeit und Magenschmerzen vor.

»Stimmt irgendetwas nicht?«, fragte Victoria Bohr.

»Möglicherweise war der Fisch heute Mittag nicht okay«, antwortet White gepresst.

»Wir können die Besprechung gerne für einen Moment unterbrechen«, bot Ras Asmussen an.

»Das wäre gut!«, bestätigte White kurz und wendete sich seinen Kollegen Marshall und Davis zu. »Meine Magenschmerzen sind kaum auszuhalten, daher werde ich die Besprechung verlassen und einen Arzt aufsuchen. Führt das Gespräch so weiter wie besprochen. Sobald es mir möglich ist, komme ich zurück«, sagte White leise.

White stand auf. »Bitte führen sie die Besprechung mit meinen Kollegen wie geplant fort. Wenn es mir besser geht, komme ich zurück. Eine Verschiebung des Meetings auf einen anderen Zeitpunkt sollten wir nicht in Erwägung ziehen«, sagte White zu Asmussen.

»Eine Verschiebung ist auch nicht in unserm Sinne, daher schließen wir uns ihrem Vorschlag an. Ich wünsche eine rasche Besserung«, sagte Asmussen und ergriff die Hand, die White ihm zum Abschied reichte.

Victoria Bohr, die das Gespräch verfolgt hatte, stand auf und begleitet White bis zum Empfang. Von hier konnte sie wenige Momente später noch beobachten, wie White in ein Taxi einstieg. Dann ging Victoria wieder zurück zu den anderen.

***

Asmussen hatte gerade noch die bisherigen Ergebnisse der Besprechung zusammengefasst und wollte zum nächsten Tagesordnungspunkt übergehen, da öffnete ein Sicherheitsbeamter des Ministeriums die Tür und trat in den Sitzungsraum ein. Ihm folgten die Kommissare Nyrup und Andersen, Per Hammond sowie vier uniformierte Polizisten.

Alle Besprechungsteilnehmer blickten verwundert auf den unerwarteten Besuch.

»Entschuldigen Sie die Störung. Die hiesige Polizei sucht per internationalen Haftbefehl Herrn Dr. Jack White. Ist er hier?« fragte der Sicherheitsbeamte.

Ein überraschtes Raunen ging durch den Raum.

»Wie bitte?«, entfuhr es Marshall. »Das kann sich doch nur um einen Irrtum handeln.«

»Dr. White hat die Besprechung vor wenigen Minuten verlassen. Er klagte über Magenschmerzen und Übelkeit. Nach einer ärztlichen Untersuchung wollte er wieder hierher zurückkehren«, sagte Victoria ruhig.

»Dann haben wir jetzt leider nicht sehr viel Zeit für ausführliche Erklärungen. Sind noch weitere Mitarbeiter der Firma OCEAN ENERGY anwesend?«, erkundigte sich Nyrup und zog zur Legitimation seinen Ausweis aus der Jacketttasche.

»Ja, mein Name ist Alexander Marshall und das ist mein Kollege William Davis«, bestätigte Marshall kurz und deutete auf seinen Sitznachbar.

An Marshall und Davis gewandt fragte Nyrup: »Haben Sie Handys bei sich?«

»Natürlich.«

»Als Justiziar von OCEAN ENERGY möchte ich wissen, welcher Straftat Dr. White beschuldigt wird.«

»Dazu kann ich Ihnen momentan keine Auskunft geben. Ihre Mobiltelefone muss ich allerdings vorübergehend beschlagnahmen, damit sie Dr. White nicht warnen und ihm somit zur Flucht verhelfen können«, sagte Nyrup und nahm die beiden Handys an sich.

»Herr Asmussen, Sie und Ihre Kollegen muss ich ebenfalls bitten, eine Kontaktaufnahme mit Dr. White zu unterlassen.«

»Wie Sie wünschen«, antworte Asmussen knapp.

Nyrup schaute in die Runde und konnte anhand der Mimik der anderen Mitarbeiter des Klima- und Energieministeriums deutliche Zeichen einer Zustimmung erkennen.

»Bis zu unserer Rückkehr werden zwei Polizeibeamte hierbleiben. Die Herren Marshall und Davis muss ich bitten, vorläufig hier zu warten. Für die damit verbundenen Unannehmlichkeiten bitten wir um Entschuldigung. Ich werde mit meinen Kollegen und den anderen beiden Polizeibeamten zum Frederiksberg Hospital fahren, um nach White zu suchen. Nach der Festnahme von Dr. White werden wir uns umgehend wieder melden, damit sie anschließend wieder ungehindert ihrer Wege gehen können«, erklärte Nyrup das weitere Vorgehen.

Danach verließen sie den Besprechungsraum.

Auf dem Weg zum Haupteingang des Klima- und Energieministeriums ließ sich Per Hammond telefonisch mit dem Frederiksberg Hospital verbinden und fragte, ob ein Amerikaner mit dem Namen Jack White in der letzten Stunde zur Behandlung von Magenschmerzen und Übelkeit eingetroffen sei.

»Das habe ich mir bereits gedacht«, sagte Hammond, nachdem er das Gespräch beendet hatte.

»Was denn?«, erkundigte sich Clara Andersen.

»White war beziehungsweise ist nicht im Hospital.«

»Wo könnte er sich gegenwärtig aufhalten? Vielleicht in einer Privatklinik?«

»Das glaube ich nicht. Falls er gewarnt wurde, wird Dr. White versuchen Dänemark so schnell wie möglich zu verlassen«, antwortete Hammond.

»Ohne seine Kollegen?«

»Auf die braucht er keine Rücksicht nehmen, da gegen sie vermutlich nichts vorliegt. White dachte womöglich, dass es unverdächtiger erscheint, wenn Marschall und Davis die Firmeninteressen weiter vertreten und er sich mit einem kleinen Ablenkungsmanöver einen Zeitvorsprung für seine Flucht verschafft.«

»Wäre schon möglich. Angesichts der Umstände ist es für ihn sowieso besser, alleine einen sicheren Ort aufzusuchen.«

»Augenblick mal. Ich werde bei der Flugsicherung nachfragen, ob der Pilot des OCEAN-ENERGY-Firmenjets eine Starterlaubnis für heute eingeholt hat«, sagte Hammond und war im nächsten Moment schon wieder am Telefonieren.

»Lassen Sie den Jet nicht starten. Das ist eine polizeiliche Anordnung. Wir sind in 20 Minuten am Flughafen«, hörten Andersen und Nyrup wenig später Hammond sagen.

34. Kapitel

Kopenhagen

Die bevorzugte, diskrete und vor allem schnelle Abwicklung von Formalitäten, war Jack White am Kopenhagener Flughafen heute besonders wichtig. Als das Taxi den Abflugbereich erreichte, fuhr der Taxifahrer routiniert an den normalen Passagierterminals vorbei und hielt erst vor dem exklusiven *General Aviation Terminal* an. White stieg aus und ging zügigen Schrittes auf die Rezeption zu. Bereits von Weitem beobachtete er aufmerksam das Geschehen im Eincheckbereich für Privatflieger. Zwei perfekt gestylte Frauen waren gerade damit beschäftigt, die Reiseformalitäten für einen Scheich nebst einer etwas größeren Gefolgschaft abzuwickeln. White ahnte, dass sich sein Transfer zum Privatjet von OCEAN ENERGY verzögern könnte.

Als noch eine weitere Angestellte des Flughafens die Rezeption betrat, ging White ungeduldig auf sie zu. Mit viel Charme und ohne größere Verzögerungen schaffte er es kurz darauf, den bereitstehenden Shuttlebus für den Vorfeldtransfer zu besteigen.

Nach einer Fahrzeit von drei Minuten war das Ziel erreicht.

»Hallo Dr. White. Willkommen an Bord. Der Firmenjet ist wie gewünscht startklar. Wir können umgehend abfliegen«, sagte Pilot Albert Venturi zur Begrüßung.

»Danke«, antwortet White zufrieden und setzte sich in einen der vier weißen Ledersessel.

»Fliegen die Herren Marshall und Davis auch mit?«

»Nein. Wir können sofort starten. Wie weit kann die *Bombardier Challenger 300* eigentlich mit einer Tankfüllung fliegen?«

198

»Die Reichweite liegt bei etwa 5.800 Kilometern. Beabsichtigen sie eine Änderung der Flugroute?«, erkundigte sich Venturi.

White schwieg einen kleinen Moment. »Fliegen Sie jetzt los. Wenn die Maschine in der Luft ist, werde ich Ihnen hierzu meine Entscheidung mitteilen.«

»Okay. Ich wünsche einen angenehmen Flug!« Venturi ging ins Cockpit und nahm seinen Platz ein.

Jack White starrte aus dem Fenster und wartete, dass das Flugzeug sich in Bewegung setzen würde. Nach einer gefühlten Ewigkeit, die eigentlich nur zwei Minuten dauerte, betätigte White die Sprechanlage zum Piloten. »Warum rollt die Maschine nicht zur Startbahn?«, fragte er nervös.

»Die Startfreigabe vom Tower liegt noch nicht vor. Eine Linienmaschine hat technische Schwierigkeiten und wird in Kürze eine ungeplante Sicherheitslandung machen müssen. Laut Auskunft des Towers können wir aber voraussichtlich in wenigen Minuten mit der Startphase beginnen«, erklärte Albert Venturi mit klangvoller Stimme.

»Okay. Informieren Sie mich umgehend über ungewöhnliche Vorgänge auf dem Vorfeld.«

»Natürlich«, bestätigte Venturi.

White goss Whisky in ein bereitstehendes Glas. Nach dem ersten kräftigen Schluck schaute er durchs Fenster zur Startbahn und beobachtete nachdenklich das Geschehen.

Die Stimme des Flugpiloten war erneut über die Lautsprecheranlage zu hören und Whites Sinne waren sofort wieder hellwach: »Mehrere Fahrzeuge mit Rundumleuchten nähern sich unserem Flugzeug. Vermutlich handelt es sich um Rettungsfahrzeuge, die für die Sicherheitslandung der Linienmaschine zur Landebahn beordert werden«, sagte Venturi.

Jack White blickte nacheinander zu beiden Seiten aus den Fenstern und konnte die sich schnell nähernden Fahrzeuge in einer Entfernung von etwa 800 Metern erspähen. Als zwei Polizeifahrzeuge sichtbar wurden, stellte sich bei ihm eine innere Unruhe ein, die rasch in Panik umschlug.

White rannte ins Cockpit und brüllte den Piloten an: »Öffnen Sie sofort die Flugzeugtür, los schnell!«

Venturi blickte ihn verstört an und tat es, ohne weitere Fragen zu stellen.

Als die Seitentür offen war, verließ White fluchtartig das Flugzeug und rannte zu den in der Nähe befindlichen Lagerhallen.

Die Polizeifahrzeuge hatten sich bereits bis auf wenige Hundert Meter dem Privatjet genähert, als Nyrup, Andersen und Hammond sehen konnten, wie Jack White von dem Flugzeug wegrannte.

»Schalten Sie die Sirenen kurz ein«, sagte Nyrup zu dem uniformierten Polizisten und nahm das Mikrofon von der Sprechanlage in die Hand. »Dr. White, bleiben Sie stehen. Sie haben keine Chance zu entkommen«, klang es aus dem Lautsprecher.

Clara Andersen konnte kaum glauben, dass sie die letzte Nacht noch mit White verbracht hatte. – Und nun war sie dabei ihn festzunehmen.

White erreichte die Lagerhallen und verschwand aus dem Blickfeld seiner Verfolger. Die Polizeifahrzeuge hielten mit quietschenden Reifen vor den Gebäuden und alle Insassen sprangen heraus.

»Wir teilen uns auf. Clara und ich laufen den Mittelgang entlang und die anderen nehmen den nächsten Gang, um von hinten an die Gebäude zu kommen«, sagte Nyrup zu Hammond.

»Einverstanden!«, bestätigte Hammond und lief mit einem weiteren Uniformierten sofort los.

Nyrup zog seine Pistole aus dem Holster und lief weiter. Clara Andersen tat es ihm nach.

White hatte ein kleines Versteck gefunden. Eine Weile blieb er dort unentdeckt, bis Nyrup ihn aufspürte. In Sichtweite suchten sich Andersen und Nyrup einen sicheren Platz.

»Bleiben sie stehen, Dr. White, anderenfalls müssen wir von der Schusswaffe gebrauch machen«, rief Nyrup mit lauter Stimme.

White blickte sich um und lief dann geradewegs los.

Ein Schuss fiel und verletzte White am Oberschenkel. White fiel zu Boden und Nyrup senkte seine Waffe.

Andersen lief ohne lange nachzudenken zu White.

»Bleib hier, wir wissen nicht, ob White eine Schusswaffe hat«, schrie Nyrup ihr hinterher.

Clara Andersen rannte weiter.

Als sie bei White angekommen war, sah sie ihm zunächst ins Gesicht und dann auf die leicht blutende Schusswunde. »Oh Jack, es tut mir unendlich leid dich so zu sehen. Gestern Abend hast du noch mein Herz bewegt, nun aber versuche ich zu erkennen, wer hinter dieser Fassade dieses erfolgreichen und charismatischen Menschen wirklich steckt. Wenn ich jetzt in deine Augen schaue, frage ich mich, wie viel Wahrheit in deinen Worten lag.«

»Clara, verzeih mir. Die Zeit mit dir war einzigartig und wird mir in unvergleichlicher Erinnerung bleiben. Vielleicht behältst du dennoch die schönen Momente in deinem Herzen.«

»Das werde ich. Dennoch muss ich dich jetzt, aus Gründen, die du wohl kennst, festnehmen«, entgegnete Andersen.

White nickte leicht und senkte seinen Blick zu Boden.

Clara Andersen legte Jack White Handschellen an. Eine Träne lief ihr dabei über die Wange.

Nyrup, Hammond und die Polizisten erreichten die beiden.

Clara Andersen trat zurück, um ihre Emotionen besser verbergen zu können, und überließ alles Weitere ihren Kollegen.

FSC
www.fsc.org

MIX

Papier | Fördert
gute Waldnutzung

FSC® C083411

Zeitfracht Medien GmbH
Ferdinand-Jühlke-Straße 7
99095 Erfurt, Deutschland
produktsicherheit@kolibri360.de